スピンオフ

水《みな》壬《み》楓《ふう》子《こ》

ILLUSTRATION
水《み》名《な》瀬《せ》雅《まさ》良《ら》

CONTENTS

スピンオフ

スピンオフ

試写室前の小さなロビーには、さざめくような緊張が満ちていた。

ディレクターズ・カットの段階なので、まだこれから何度かテスト・スクリーニングがあるはずだが、制作側にとっては第一関門だ。仕上がりへの期待と不安、というところだろうか。

日本を代表する映画監督、木佐充尭《きさみちたか》の四年ぶりの新作となる『トータル・ゼロ』の試写会だった。公開を二カ月後にひかえた関係者試写会で、一般対象のものとは違う。配給会社の中で行われる今日の試写に集まっているのは、キャストやスタッフ、配給会社の役員や広報担当、そしてスポンサーなど業界の人間だけで、記者も入ってはいない。

それだけに、いかにもラフな格好の制作スタッフと、きっちりとしたスーツ姿の男たちに二分されていた。女性だとマネージャーか、化粧っ気のない若い女は木佐のスタッフだろうか。

それでも、さすがに出演俳優陣の集まっているあたりは華やかで、入れ替わり立ち替わり、スポンサー企業の役員らしい年配の男たちが挨拶《あいさつ》に向かっている。

そんななかなかに混沌《こんとん》とした集まりを、花戸瑛《はなこあきら》はロビーの隅に追いやられた喫煙コーナーから何気なく眺めていた。

花戸がマネージャーをしている俳優――であり、高校時代からの悪友でもある片山依光《かたやまよりみつ》も、共演者たちに混じって陽気にしゃべっている。

ノーネクタイで、ジーンズにジャケットを引っかけただけのラフな格好は依光らしいが、非公式とはいえお偉いさんの集まるこんな場所ではもう少し、なんとかさせておくべきだったか…、とマネージャーとしてはちょっと反省する。

まあ、臨時のマネージャーなのでそこまで心配してやる必要もないのだろうが。

花戸は半年ほど前まで、ある大手の弁護士事務所に所属する弁護士だった。刑事事件よりは民事を扱うことが多く、主に損害賠償や、企業の合併買収、コンプライアンス関係などを手がけていた。

常に相手の二手、三手先まで考えて綿密に資料をそろえ、どんな相手、企業に対しても常に冷静で、理論的に鮮やかな弁舌と、的確な駆け引きで。

若手の辣腕《らつわん》と評され、三十歳にしてはかなりの収入もあった。

事情があって辞めたわけだが、独り身で当面の生活に困るわけではなく、急いで次の仕事を見つけなければという切迫感もなかったので、のんびりとしていたところを「ちょっとやってみないか?」と、依光に引っかけられたのである。

依光はもともと時代劇が中心の、しかも「斬られ役」というフリーの大部屋俳優だった。それが何か考えがあったらしく、去年あたりからぼちぼちとバラエティなどへの露出も増えていた。

そんな中、木佐の映画への出演が——実のところちょっとイレギュラーな経緯で——決まったこともあって、一気にいそがしくなったらしい。

もともとおおざっぱな依光だが、フリーなだけにスケジューリングが自分の手に負えなくなったようで、泣きついてきた、というところだ。

花戸としてもヒマだったし、芸能界という今までまったく（悪友がその片隅で生きているという以外には）縁のなかった世界に興味もあって引き受けてみたわけだった。

自分の知らない、そして自分を知らない業界、というのが、今の花戸には気楽だったのだろう。まあ、依光自身は「斬《き》られ役」というポジションで満足していた――むしろ、それを極めようとしていた――ところもあり、一般的な意味でそれほど売れたい、という意識がないせいもあって、花戸もほとんど傍観者の立場でこの虚実入り乱れた世界を眺めさせてもらっている。

なんというか、弁護士をやっていた身には、この世界の約束事というのは本当にいいかげんだな…、となかばあきれつつ、というところだろうか。

『じゃ、そんな感じで。よろしくっ』

で、すべてがまわっていくところがすごい。

感じ、などという曖昧《あいまい》なフィーリングは、「契約」が遵守される法律の世界に入りこむ余地はない。

依光の仕事などは特に飛びこみも多く、前日やその日になって急にねじこまれることもめずらしくはなかった。そのあたりは依光のつきあいの問題もあるのだろうから、すっぱりと断ることもできず、花戸としては最初の頃《ころ》はかなり対処にとまどったものだ。

打ち合わせるプロデューサーだの、ディレクターだの、演出家だのもクセのある連中ばかりで、個性豊かな依頼人とはまた違った趣がある。もちろん、役者や脚本家など天才肌の人間を近くで見ると、自分には持ち得ない――おそらくは理解もできないその才能に、ただ感心してしまう。

自分の物差しとか、一般的な社会常識の通用しない相手――世界だ。

それで言えば、映画を数字で測り「商品」として扱う立場の人間が多いこの試写会などは、まだ馴《な》染《じ》みのある空気ではある。

そんな中、ふと、花戸は一人の男に目がとまった。

エレベーター脇《わき》の壁に背中を預けて立っている男だ。片腕にコートを引っかけ、もう片方の手には
ウーロン茶らしいプラスチックカップを持って、じっとロビー全体を眺めている。

派手《はで》ではないが質のよいスーツ姿で、年は三十過ぎ、というところか。花戸より少し上だろう。

かなりの長身で体格もよく、顔も悪くない。成績のよさ、というよりも、もっと本質的な頭のよさを感じさせる。悪く言えば、抜け目のなさそうな眼差《まなざ》し、というのか。

しかし神経質そうなところはなく、むしろ不敵なくらいの落ち着きが見えた。

ここにいるということは関係者なのだろうが、どう分類していいのかわからない。

だが、以前にどこかで会ったような気もして、花戸はわずかに眉《まゆ》をよせた。タバコを挟んだ指で、無意識に唇を撫《な》でる。

――どこ、だっただろう……？

連れもなく映画会社やスポンサーの広報のようには見えないし、撮影関係のスタッフという雰囲気でもない。

俳優、というのが一番あり得そうではあった。スタジオかどこかですれ違ったとか、テレビ画面の

中で見かけたとか、そんなところなのだろう。

だがそれにしては、どこか異質な雰囲気だった。場違い、ということではないが、まわりから少し、浮いているような。他《ほか》の俳優仲間から一人離れているのもおかしい。

こちらの気配を感じたのか、ふっとその男の横顔が向き直り、花戸はさりげなく視線を落とした。

「花戸」

と、ほとんど同時に、耳慣れた声に名前を呼ばれる。

そちらに顔を向けると、仲間たちの輪から抜け出して依光が近づいてきた。

「俺《おれ》、このあとは別にないよな？　千波《ちなみ》も終わりみたいだから、今日は一緒に帰るよ」

どこかうれしそうなそんな報告に、タバコの灰をすぐ横の灰皿に落としながら、ああ…、と花戸はうなずいた。

今回共演した瀬野《せの》千波とは、依光は下積みだった劇団時代からの古い馴染みで、依光が東京に来た時には千波のマンションに転がりこんでいる。京都に仕事の中心がある依光は、東京に家がないのだ。

以前は依光の片思いだったらしいが、最近ようやく気持ちも通じたらしく、……まあ、そういう関係だ。

相手の方がグレードの高い人気俳優、しかも男同士――など、事務所付きのマネージャーなら、スキャンダルうんぬんを口をすっぱくして注意しなければならないのだろうが、花戸の立場ではご自由に、というところで、要するに依光の自己責任ということである。

口を出すつもりはないし、千波の方が迷惑でないのなら、問題はないのだろう。

「おまえ、コレ、つきあわずに先に帰っててもいいぞ？　ディレクターズ・カットだと結構長いし」

そして、臨時のマネージャーに対する気遣いか、そんなふうに言われるが、花戸は軽く肩をすくめて返した。

「いや、見ていくよ。一足早く話題作を見られるのも特権なんだろうし。おまえの映画初メジャーでもあるしな」

「そうか」

まったく興味がないわけではないが、本来はあまり映画を見る方でもない花戸のそんな言葉に、依光がうなずきながらちょっとうれしそうに唇の端を緩めた。

「それにしても、おまえ、びみょーに態度デカイよ…」

そしてふと思い出したように、いくぶん難しく眉をよせてみせる。

「……うん？」

その言葉に、花戸は意味がわからず怪訝《けげん》に首をひねった。

「別に何もしてないだろう？　普通に挨拶もしていると思うが」

そのへんのジャリタレよりは、よほど社会経験も社会常識もある花戸だ。誰《だれ》かに礼を失した覚えもない。

「いや、なんつーか…、押し出しがよすぎんのかなァ…。雰囲気とかかな」

カリカリと頭をかきながら、ハァ…、と依光がため息をついた。

まあ確かに、他の俳優やタレントのマネージャーは、スポンサーや関係者に対してもっと腰が低く、愛想がいいのだろう。スタジオや局の廊下ですれ違うたび、誰彼かまわずぺこぺこと頭を下げているようにも見えるが、花戸にしてみればそこまでしてやる気もない。

マネージャーとしては、有力なプロデューサーをつかまえて仕事を頼んだり、発言力のある人気の司会者に挨拶に行かせたりと、もっと精力的に動くべきなのかもしれないが、依光もそこまで望んではいないはずだ。

「誰かゴマをすっとく相手がいるのか？」

にやりと笑って尋ねると、依光はあっさりと肩をすくめた。

「それは別にいねぇけどな…」

もとがフリーだ。そういうしがらみが嫌で、事務所にも入っていないのだろう。

依光はすでに時代劇の方ではそれなりのポジションを保っていて、コレをやらせるなら片山だ――、という、監督からの信頼も厚い。……らしい。大部屋なりに、というところだろうが。

今度の映画に出演して以来、現代劇以外にもいろんな新しい仕事が頻繁に入り始めて、かえって時代劇の方のスケジューリングが難しくなり、そっちにグチられるくらいだった。

「あいつ誰だ、どこの所属だ？　……って、あっちこっちで聞かれたぞ。よっぽどマネージャーには見えないんだろうけどさー」

確かに時々、依光のお供でスタジオやテレビ局に出かけると、プロダクションの名刺を渡されることがある。この年になって芸能界デビューもないもんだと思うが。

花戸は軽く鼻を鳴らしただけで流した。

……そう、誰だ、といえば。

「おまえ、あの男、誰だか知ってるか？ 俳優？」

花戸はエレベーターの横に立ったままの男を軽く顎《あご》で指した。

「あの男？ ……ああ、あの人」

それを目をすがめるようにして眺め、依光が小さくうなずく。

「いや、俺も名前は知らねぇけど、さっき野田《のだ》さんと話してたから、野田さんの知り合いじゃないかな。仕事関係じゃなくて個人的な友達みたいだったけど。招待したんだろ」

へぇ…、と花戸は小さくつぶやいた。

野田司《つかさ》はこの映画の主演俳優で、今の日本の芸能界ではもっとも有名な役者の一人だろう。人気も実力も、そしてギャラも、トップクラスだ。

容姿やスタイルだけでなく、確かな演技力。優雅さと落ち着きと。知性と力強さ。そのバランスがいい。冷たさを感じさせず、しかし近よりがたい独特の雰囲気があり、「クール・ノーブル」と呼ばれるゆえんだろう。

なるほど、そういえば、あの男も同い年くらいだろうか。

ただ野田は、仕事とプライベートをきっちり分ける人間らしく、私的な生活をいっさい表に出さなかったので、こんなところに友人を招くというのはちょっと意外だった。同じ芸能界での交友関係でさえ、うかがい知れないのだ。

とっつきにくいわけではないが、踏みこみにくい。そんな感じだろうか。

つまり、あの男はよほど親しい友人だということだろう。

「野田さんのねえ…」

つぶやいた花戸に、依光がしみじみと言った。

「すげー、いい人だよ、野田さんは。千波もかなり懐いてる」

「それ、ヤバイんじゃないのか?」

ちらっと悪友を横目にして、にやり、といくぶん意味ありげに言ってやる。

「比べられるとつらいだろ?」

「それを言うな」

うっ…、と依光がおおげさに胸を押さえてうめいたが、なかば本気でもあるのだろう。

まあ、野田が相手なら、たいていの男に勝ち目はない。

「まもなく開演となります。どうぞ、中へお進みください」

と、女の声がわずかに高くロビーに呼びかけ、大きく試写室の扉が開かれた。

うながされ、ざわざわとロビーの人間が移動を始める。

「依光」

むこうから千波に呼びかけられて、依光が、おう、と片手を上げる。ちらっと目が合って、千波が花戸にも会釈をしてくる。

花戸もそれに軽く返した。

「俺は後ろの隅で見てるよ。終わったら勝手に帰る」

背中に言った花戸に、わかった、と依光がふり返ってうなずいた。

「明日は十時に迎えに行くぞ」

「了解」

すでに足は遠ざかりながら答え、依光が千波たちと合流する。

花戸はぽっかりと空いた薄暗い穴に次々と人が呑《の》みこまれていくのを眺めながら、タバコをもうひとふかしすると、それを灰皿で丁寧にもみ消した。

後ろにあった自販機で缶コーヒーを買い、それを片手に一気に閑散としたロビーからゆっくりと試写室へ入っていく。

シネコンの小さめの会場くらいのスペースはあるのだろうか。七、八十席ほど。きちんと段差もついた並びで、シートも映画館並だった。いや、普通の映画館よりもわずかにゆったりと、贅沢《ぜいたく》なくらいだ。

やはり監督や俳優陣、スポンサー関係の人間は真ん中あたりに固まっている。

それをちらりと眺めて、花戸は出口に近い、後ろから二番目の列の端から少し入ったあたりに腰を落ち着けた。コートを脱いで隣の席に引っかける。

と同時に、この会社の人間か、今日の司会、というより進行らしい男が前の方でマイクを手に口上を述べ始めた。引き続いて、社長だか重役だかの挨拶。

それをほとんど耳から抜かしながら、パキ…、と缶の蓋《ふた》を押し開いたところで人の気配を感じて、花戸がふっと顔を上げると、いつの間にか男が一人、隣の席に腰を下ろすところだった。

いわば内輪の集まりなので、会場はむろん満席というわけではなく、数カ所に大きく固まっている以外はスペースもかなり空いている。花戸のまわりにしても、同列はもちろん、前方の数列は空席なのだ。

どうしてわざわざ人の横に…、といくぶんいらだたしく男の顔を確かめて、え？と内心で声を上げた。

さっきの男だった。野田の友人だとかいう。

まともに目が合って、男がニッ、と笑った。

なかなかに人好きのする、愛嬌《あいきょう》のある笑顔だ。飄々《ひょうひょう》とした雰囲気の中にも、精悍《せいかん》さと自信のようなものがにじんでいる。

「何か？」

しかし花戸は冷ややかに尋ねた。

「邪魔かな？　せっかくの映画を一人で見るのが好きじゃなくてね」

あからさまに迷惑げな花戸の口調に、しかし男はさらりと言う。

なるほど、鑑賞したあと、気持ちが冷めないうちに感想を誰かと語り合いたい、というタイプなのだろうか。映画好きなのだろう。

聞きながらも、すでにすわりこんでいるわけだし、席を移る様子もない。ずうずうしい、というのか、図太い、というのか。

花戸は見ず知らずの男と映画論を戦わせるほどの熱意はなかったが、……まあ、主演俳優の友人と二時間、穏やかに席を隣り合わせるくらいの礼儀はある。

見たところ、俳優でもなく、スタッフ関係でもなく、スポンサー関係でもない、という人間はこの中では少ないようだし、ある意味、「業界関係者ではない」という共通点を、この男も花戸に感じたのかもしれない。……まあ、マネージャーなら立派に業界の人間なのだろうが、花戸にはその意識が希薄だったから。

「野田さんのご友人だとか？」

前の舞台ではお偉いさんの挨拶が続く中、社交辞令のように小声で尋ねた花戸に、男が明るく笑ってうなずいた。

「箕島《みしま》と言います。箕島彰英《あきひで》。野田とは小学校からのつきあいでね」

野田のそんな子供の頃というのは想像できないが、もちろん野田だっていきなり大きくなったわけではない。

「何をされているんですか?」

「公務員を」

興味があった、ということではなく、単に流れというか、儀礼的な花戸の問いに、男はあっさりと答える。

しかし公務員には見えなかったので、少々意外な気がした。むしろ、そこそこ大手企業のやり手の営業、という感じだろうか。

「ああ…、私は――」

そして思い出したように、花戸は口を開く。

本来、名刺を出すところなのかもしれないが、花戸はまだ今の名刺を作っていない。必要な時には、依光の名刺に裏書きして渡していた。

が、名乗りかけた花戸の言葉をさえぎるように、男が口を開いた。

「花戸瑛。今は片山依光のマネージャーをしている」

先まわりするようにさらりと言われ、花戸は一瞬、息をつめた。さすがにうさん臭く、目をすがめるようにして箕島という男の横顔を眺める。

「どうして名前を?」

――やはり以前、どこかで会っていた、ということだろうか…?

弁護士をしていた時か…、しかし直接の依頼人ではなかったはずだ。関係者、にいただろうか…?

とっさに記憶を探ってみるが、やはり思い出せない。

そう…。だが確かに会っている。顔よりも、この声に覚えがある気がした。

無意識に身構えた花戸に、箕島はロビーから持ってきたらしいウーロン茶のカップを悠々と口にし、どこかとぼけたように言った。

「興味がある人間の名前は忘れないことにしてるんでね」

「……どういう意味です?」

警戒するように、しかし強いて淡々と尋ねた花戸に、男が唇でにやりと笑った。わずかに首を傾け、まっすぐに花戸の目をのぞきこむようにして言う。

「わからないかな? そのままの意味だが」

謎《なぞ》かけのような言葉に、花戸は素早く頭の中で考えをめぐらせた。

つまり……、仕事関係ではなく、そっちの意味、ということか。

「どこでお会いしていましたか?」

その手のバーかどこか。あるいは……。

花戸はさりげない様子で聞き返す。

記憶力はいい方だったが、……しかし確かに半年くらい前は一時期、毎晩のようにつぶれるまで飲み歩いていたこともあったから。記憶も曖昧だった。

その頃のことは思い出したくもない。

「忘れられてるとはさびしいなぁ…」

うーん…、とうなり、腕を組んで箕島がいかにもなため息をついてみせる。

「一目惚《ひとめぼ》れだったのに。結構、相性もよかったと思ったんだけどね？」

意味ありげな——そしてその意味するところは明らかな言葉に、花戸は内心で舌を打った。

どうやら、最悪の状態の時にこの男と会っていた、ということのようだ。

しかも野田の友人とは。

さすがに、失敗したな…、と花戸はこっそりと顔をしかめる。自分が思うより世間は狭いのかもしれない。

花戸は自分の性癖を高校の頃には自覚していたし、家族や職場に公言するほどでけないにしても、身近な友人は知っていた。そう、依光などはかなり早い時期から。

……多分、最初に話したのが依光だったから、かもしれない。自分の性癖に対して、さほど嫌悪やコンプレックスを持たずにすんだのは。

依光は、そうか、とうなずいただけだった。そして、言ってくれてうれしいよ、と笑っていた。

花戸にしても、単に流れで口にしただけで、カミングアウトというほど気負って告白したわけではなかった。が、無意識のうちにも、依光に素の自分を受け入れてもらえなければ、一生、どんな相手に対しても壁を作って生きていかないといけないな、というくらいの覚悟はあったのかもしれない。

……それにしても、だ。

花戸は前の仕事を辞めてからしばらく、毎夜あさるように一夜きりの相手を求めていた。顔も名前も、ろくに覚えてはいない。……というより、自分も名乗ったりはしなかったし、相手に尋ねることもなかった。

どうでもよかったのだ。誰でもよかった。

夜の…、時計の針の音を一人で聞くような時間を埋めてくれる相手なら。

だが「性癖」ということで言えば、おたがいさまだ。自分の弱みになるようなことではない。

「こんなところでそういう話を持ち出すのはルール違反じゃないですか？」

スクリーンに向き直り、あえてゆったりと背もたれに身体を預けながら花戸は言った。

こんなところで覚えのある顔を見つけて、花戸の名前は野田にでも聞いたのだろうか。

舞台の方ではお偉いさんの話が終わったらしく、儀礼的な拍手が響いている。

それでは木佐監督から一言、お願いします――、と進行の男の声が響いたが、どうやら監督は前へは立たず、今すわっている席へマイクがまわされた。

「そうだけど、せっかくこんなチャンスがあったんだから逃がしたくないじゃないか」

箕島がほがらかに軽い調子で言った。どこまで本気なのかがわからない。

「そんなに不自由しているように見えますか？」

いくぶんうんざりとしながら、花戸は無愛想に返す。気持ちを落ち着かせるように、ブラックの缶コーヒーに口をつけた。

「あいにく、今はそんな気分じゃないんですよ」

このところ気持ちは落ち着いている、というか、当分、そういう相手はいらないな…、と思っていた。恋愛をするのがめんどくさくなった、というのか。

「まだ前の恋人を引きずっているの？」

しかしさらりと聞かれて、花戸は思わず声を上げていた。

「そんなことは…！」

そして、ハッと我に返るように唇を噛《か》む。

あまりに無遠慮にプライベートに踏みこまれ、さすがに神経がいらだつ。

「あなたには関係ないでしょう」

それでも強いて感情を抑え、その分つっけんどんに返した花戸を、箕島はちらっと横目にし、口元で小さく笑っただけだった。

「気がまぎれると思うけどねぇ。このあと、どう？　ヒマだったら一杯、つきあってもらいたいな」

かなりあからさまな誘いに、花戸はあきれたのと、懲りないな…、という徒労感で大きく息をついた。

尻《しり》が軽い、と思われているとしたら――まあ、自業自得なのかもしれないが。

ちょっと自嘲《じちょう》する。

「おごるよ？　なんなら、野田の過去の恥ずかしいエピソードを暴露するというオマケもつける」

本気なのか、冗談なのか。

腹を立ててはいたが、その妙にとぼけた口調に思わず笑ってしまいそうになり、花戸はあわてて口元を引き締めた。

「パパラッチが飛びつくネタもいっぱいあるぞー」

「友達を売るようなマネをしていいんですか？」

いかにも気を引くような口調で続けた男に、花戸は冷ややかに指摘する。

「恋のためなら尊い犠牲になってもらうさ」

それにぬけぬけと箕島が答え、花戸は嘆息した。

妙につかみどころのない男だ。

と、ふいに照明が落ちる。

どうやら監督の挨拶は短く終わったらしく、目の前のスクリーンが明るくなり、当然ながら予告もなく、本編がスタートする。

「始まりましたよ」

花戸は打ち切るように短く言い、男もわずかに居住まいを正すと、それきり口を閉ざした。

なんだかんだと、映画好きなのは間違いないらしい。

この日の上映は、二時間半を超えるくらいだった。ファイナルカットではもう少し短く収まるのだろうが、その長さを感じさせない。

大胆なプロットと綿密な構成――一瞬も目が離せない緊張感のある作品だった。

ひさしぶりにのめりこみ、花戸は一瞬、今自分のいる場所がわからなくなったくらいだ。

二十年に近い長いつきあいのはずなのに、スクリーンの中の依光が本当に見知らぬ人間のような気がした。

今まで依光の役者としての才能というものをそれほど真剣に考えたことはなかったが、――マネージャーとしても親友としてもどうかとは思うが――しかし、本当に役者だったんだな…、と初めて実感した。

照明がつき、どこからともなく湧《わ》き起こった拍手と、観客のため息とざわめきに、花戸もようやく我に返る。

前の方では監督を囲むようにして、何人もが代わる代わる笑顔で握手を交わしている。スポンサーや配給サイドの感触も悪くないようだ。

これが成功すると、依光の芸能界でのポジションも少し変わるかな…、と、少しマネージャーらしいことを考えてみる。

と、低くうなるような声がすぐ横で聞こえて、花戸はやっと隣の男の存在を思い出した。

素早く手を伸ばしてコートをすくいとり、何か言われる前に立ち上がろうとした花戸の手が、肘掛《ひじか》けの上に押さえこまれるように、ぎゅっと握られた。

あっとふり返ると、箕島が花戸の顔をのぞきこむようにして見上げてくる。

「飲みに行かないか？　この映画を肴《さかな》にでも」

箕島の表情は、映画が始まる前の意味ありげなものとは少し、変わっていた。映画を肴に、というのは、口実だけでもないのだろう。

そんな誘いに、正直、少しばかり気持ちが揺れた。実際、誰かと感想をしゃべり合いたい気もしていた。めずらしいことに。

それでも一呼吸おいて、花戸はそっと自分の手を抜きとる。

「遠慮しておきますよ。……用もありますので」

静かに、しかしはっきりと拒絶した花戸に、箕島は軽く肩をすくめただけだった。

「残念」

もっと食い下がるかと思っていたので、少し意外でもあり、拍子抜けした感じだ。

それでは、と軽く会釈をして、花戸は足早に男の席とは逆の通路へと歩き出した。

マネージャーとしては、この場でもっと営業活動に勤《いそ》しむべきかもしれないが、これ以上、この男と話しているのは、何か……危険な気がした。

どうもタイミングを狂わされる、というのか、巻きこまれる、というのか。

――近づかない方がいい……。

そんな、本能的な感覚。

もちろん、自分も覚えていないこの男との一夜を、今さら思い出したくもない。

「またね、ハナコちゃん」

からかうようなそんな声が背中を追いかけてくる。

「次に会う時には思い出してくれるとうれしいけどね」

花戸はそれを聞こえないふりで無視した。

もちろん、「次」などはない。

箕島は花戸以上に業界の人間ではないわけだし、花戸が気をつけさえすれば、二度と顔を合わせることもない……はずなのだ。

「次の恋人が見つかる前に会いたいな」

――が。

ポツリと、独り言のようにつぶやいた男の言葉に、思わず花戸の足が止まった。

反射的にふり返り、男の横顔を凝視する。

『かわいそうだよ。君の次の恋人がね』

耳の奥に、そう言われた声がよみがえる。

この男……。

――そうだ。思い出した。

◇　◇

大学在学中に司法試験に合格した花戸は、司法修習後、都内の弁護士事務所へ所属した。

楢綜合法律事務所《ならそうごうほうりつじむしょ》——という、業界では名の通った大手だ。所属する弁護士も三十人を超える。

それだけに、法廷での敵と同様に、事務所内での競争意識も高かった。それぞれ微妙に得意分野も違っていたし、所長の楢がうまくコントロールしていたので、足の引っ張り合い、ということではなく、ほどよい緊張感があり、やり甲斐《がい》もあった。

所長の楢は、すでに亡くなっていたがやはり弁護士をしていた花戸の父と大学が同期で、いい友人だったらしい。そんなこともあって、花戸を自分の手元に呼んでくれたのだろう。

二年ほど、補佐の形で楢の下で働き、それから徐々に案件を任されるようになっていた。目をかけられていた分、同僚からの評価は厳しく、しかし能力も負けん気もあった花戸は、確実に成果をあげていた。

田方晴臣《たがたはるおみ》と知り合ったのは、その楢を通じてだった。

楢はいわゆる「ヤメ検」で、田方は楢の後輩にあたる現役の検事だ。

花戸より五つ上の三十五歳。出会ったのは、田方が三十二、三の時になるのだろうか。男盛り、というところだろう。

精力的で、時に攻撃的で。自信もあり、実力もある男だった。事実、仕事の上でも脂の乗っている時期だったのだろう。

つきあい始めたのは、地裁近くでタクシーに乗り合わせたことからだ。

ちょうど花戸が拾ったところに、一足遅れで田方が来合わせた。この日は台風並の激しい雨が降っていて、花戸もようやくつかまえた一台だった。これからもう一台、となると、かなり時間がかかるだろうことは容易に想像がつく。

だから、「一緒に乗っていかれますか？」と声をかけた。

オフィスの街並みも霞《かす》むような豪雨の中、確かめるようにしばらく花戸を眺め、田方はあぁ…、とようやく思い出したようだった。

つい一週間ほど前、たまたま顔を合わせた楢と一緒にいて紹介された男だ――、と。

もっとも当時二十八だった花戸は、企業関連の大きな仕事を二つ三つ立て続けに成功させていて、すでにそこそこ関係者の間で名前も知れ始めていたらしい。

紹介された時も、

『噂《うわさ》の、楢先生の秘蔵っ子ですね』

と、田方はうなずいていた。

検事という仕事柄、逆恨みの対象にもなりやすいし、身のまわりには気をつけなければならないだろうが、見知らぬ人間ではないので、ではお願いしようか、と田方もそれを受けた。

実際のところ、彼はかなりせっぱつまった状態だったのだ。有能な検事にしては、ついこの間会ったばかりの人間を思い出す反応が鈍いな…、と思っていたら、田方はかなりの高熱を出していた。

タクシーの中でそれに気づき、あわてて行き先を近くの病院に変更しようとした花戸だったが、田方はそのまま自宅のマンションへ向かうように強硬に頼んできた。

この成り行きでは病人を放《ほう》り出したまま帰るわけにもいかず、仕方なく彼のマンションで花戸も降りて、結局、朝まで介抱することになってしまった。

翌朝、熱が下がったのを確認してから部屋を出た花戸だったが、それから三日ほどして田方から食事に誘われた。あらためて礼を言いたい、ということらしい。

花戸もちょうど一段落ついたところだったが、検事と馴れ合うのもどうかな…、と思いながら、楢にちらっと相談してみると、別に友人関係にまで難しく考えることはないだろう、と笑って言われた。

実際、花戸が扱うのは民事が主だったから、直接田方と利害がからむことは少ない。

『切れる男だよ。少し先走るきらいはあるがね…。まあ、話してみればいろいろと勉強になるだろう』

楢にもそんなふうに勧められて、花戸は田方の誘いを受けた。

指定されたのは名の通った料亭で、一足早く来ていたらしい田方はひどく恐縮していた。

「本当に、何から何まで世話になってしまって申し訳なかったな」

と、照れたように頭を下げる男を、花戸は妙に可愛《かわい》いな…、と思ってしまった。五つも年上の、かなりアグレッシブだという男が。

局内では出世争いのトップを走り、部下にも被疑者にも厳しい男だと聞いていた。

……いや、だからこそ、だったのかもしれない。

体調不良とはいえ、あんなふうに人前で弱みをさらしたことがなかったのだろう。

初めがそんなふうだったから、田方は花戸には気持ちを許していたのか。

それから何度か、食事や酒をつきあった。最初は友人、というより、先輩後輩といった関係だっただろうか。

それでも…、もっと踏みこんだ関係になるまでに、さほど時間はかからなかった。

ことさら花戸が誘ったつもりはない。ただいつものように食事をしながらの何気ない話題の中で、

――それは一般的な、世間を騒がせているような事件についてが多く、この時はたまたま中学生の教え子に手を出した教師の話になっていた。

男子生徒をホテルに連れこんだ男性教諭だ。

確かに嫌悪すべき事件だった。

そして花戸は、さらりと口にしてしまったのだ。

「私みたいな人間からすると、こういう事件は余計に腹が立ちますけどね」

――と。

当然のように、田方は始め、その意味がくみとれないようだった。

私みたいな人間——という意味が。

だから花戸ははっきりと言った。

「男の方が好きなんですよ」

……多分、この時、すでに田方に惹《ひ》かれていたのだろう。

早いうちに終わりにしたかったのかもしれない。自分の中の、曖昧な思いを。

さすがに驚いたような顔をしていたが、そうか…、とようやく田方はうなずいた。

そして少し考えてから、言った。

「だったら俺は、君の相手としてはどうなのかな?」

花戸にしてみれば、本当に意外だった。

だがその場のノリや興味本位でこっちの世界に入りこむには、田方は社会的な地位も、年齢も高すぎた。

勢いで寝て、我に返って後悔する男を、花戸は何度も見たことがある。

だからこの時は、花戸の方が退《ひ》いた。臆病《おくびょう》なほど慎重になっていた。

「一週間おいて…、来週になってもあなたにまだその気持ちがおありでしたら」

と。

欲望はあった。男のそんな言葉に、明らかに身体の中に兆した熱を、花戸は自覚していたけれど。

次に男に会うまでの一週間は、花戸には息苦しくなるほど長かった。自分から言い出したことなのに、ろくに仕事が手につかなかった。

――バカなことを言った、と、今頃後悔しているだろうとは、容易に想像がつく。

冗談だったんだよ、と言われることを覚悟していた。無意識にも自分にそう言い聞かせていなければ、実際にそう言われた時のダメージが大きすぎることはわかっていたから。

何かを口実に、翌週の食事の約束自体、キャンセルしてくるかとも思っていた。しかし、次に田方と会った時、彼ははっきりと言った。

「やっぱり君と寝てみたいね」

……恋を、していたのだろう。

本当に何年ぶり、十年ぶり、くらいに。学生の頃以来の、純粋な恋だ。

カラダの相手はそれまでにもいた。だがそれは欲求を満たすための相手で、恋愛ではなかった。

本当に夢中だったのかもしれない。

直接、法廷で顔を合わせることはなかったが、ことによれば敵味方に分かれる立場だ。そんなスリリングな関係が、いい刺激になっていたのだろうか。

おたがいが関《かか》わっていない時事的な事件について、ある意味、無責任な意見を戦わせ、論争になることもめずらしくなかった。

だが、それも楽しくて。

――おまえを敵にまわしたくないな……。

花戸が論破したような時には、男は苦笑いしながら言っていた。

三十を超えた田方には見合いの話もかなり持ちこまれていたようだが、めんどくさいよ…、と肩をすくめて受け流していた。

あえて顔に出すことはなかったが、そんな態度もうれしくて。

その言葉は本心だったのだと思う。田方にとっても、仕事に熱意を持っていた時期なのだろう。

田方との関係は二年ほども続いた。

だが今から半年ほど前、彼の様子が少し、変わってきたのに花戸は気づいた。

自分に対する、ということではない。

どこか落ち着きなく、いらだっている様子が見えた。

仕事がうまくいっていないのだろう…、と花戸にも想像はつく。

どうやら同僚との出世争いがかなり熾烈《しれつ》になってきていたようだった。田方の同期には優秀な人材が多く、しかしその中でも田方は頭一つ、抜け出していたらしい。それは栖から聞いた話でもわかる。

だがその頃、同期の一人が社会的に注目度の高い、大きな事件を扱ったことで、一気に上層部の評価を高めたようだ。

田方にしてみれば、追いつかれた、あるいはリードを奪われたわけだ。

それが焦りになったのだろう。

逆に、田方が抱えていた案件は暗礁に乗り上げていた。

あるIT企業にからんだ汚職事件。

思うように捜査がはかどらず、決め手が見つからないままで、このままでは不起訴にするしかない――そんな状況だったようだ。

花戸自身、その件については興味をもって推移を眺めていた。

というのも、花戸が担当していた会社の一つが、そのIT企業の関連会社だったのだ。

そう…、やろうと思えば、そこから汚職の形跡をたどることも不可能ではなかったのだろう。もちろん、実際に何らかの不正が行われていれば、だが。

田方も、そのことは知っていた。

……だから。

花戸を見る眼差しに。言葉の端々に。

助けてくれ、と言っているのがわかった。おまえならなんとかできるんじゃないのか――、と。

プライドもあったのか、あえて口にすることはなかったが。

しかし花戸にはどうすることもできない。花戸自身、守秘義務があるのだ。

自分の依頼人に関わる情報を第三者に流すことは、絶対にできなかった。

あとでわかったことだが、この時、田方には特捜部入りがかかっていたらしい。田方か、あるいはその同期の検事か、どちらかということで候補に挙がっていたようだ。

特捜部入りは田方の夢で、それだけに必死だったのだろう。

……道を、踏み外してしまうほどに。

ある日、花戸は仕事上の必要があってその会社のコンピュータのパスワードを預かっていた。そして三日ごとに変わるというそれを、仕事用の携帯のメモ帳に入れておいた。

もちろんその七文字の英数字のみで、それが何を示すかなどの説明は一切つけずに。

そしてその翌日、近くのスポーツジムから自分の部屋に帰ってきた時、花戸は少し違和感を覚えた。

本当にちょっとしたことなのだろう。イスに引っかけていたはずのシャツの位置が変わっていたり、いつも開けっ放しの扉が閉められていたり。

それは空き巣に入られた、というようなあからさまなものではない。

だとすると、自由に部屋に入ることのできる人間は一人だけだった。

花戸は、田方には自分の部屋の合鍵《あいかぎ》を渡していた。だから部屋に来ることはかまわない。

だが、もし来たのならば、何も言わないのはおかしかった。

ハッとして、仕事部屋を調べてみる。

何かを持ち去られたような痕跡《こんせき》はなかった。

……が、ふだん仕事に使っているカバンが探られたようにも見えた。いくぶん乱雑になっている。

そして、仕事用の携帯はその中に入っていた。

——まさか、と思ったし、信じてもいたかった。

田方も社会正義のために働いている人間なのだ。

だがそれから数日後、いきなり事件の局面が変わった。田方が攻勢に転じたのだ。

そして田方が突破口にしたのは、花戸が顧問弁護士として名を連ねている会社だった。……いや、「名」で言えば、楢綜合法律事務所が、ということになる。

だからこそ余計に、花戸は恐れた。

偶然だと思いたかった。疑いたくはなかった。

それでも、心の中に浮かんだ疑惑を消すことはできなかった。

『先週…、私が留守の間に部屋に来ましたか？』

電話で、何気ない様子で口にした花戸の問いを、田方は否定した。

だがその声はいつになくぎこちなかった。そしてそのあと、田方はあからさまに花戸を避け始めた。

確かにそういう状況だ。いそがしくもなったのだろう。だが。

当然ながら、いったいどこから情報がもれたのか――、と、そのＩＴ企業の方でも情報元を躍起になって探っていた。

そして、どうやら関連企業である会社のコンピュータから情報が引き出され、そこからつけいられたらしい――、とわかったのだろう。

花戸に疑いの目が向いたのは、やはり当然のことだった。決め手はなかったが、会社は事務所との契約を解除した。

そして事務所内でも、花戸の背任行為を疑う者は多かった。

田方との、「飲み友達」というくらいの関係は、そこそこ知られてもいたから。隠すようなことでもなかった。

事務所の恥だ、と。さんざん世話になっておきながら、楢先生の顔に泥を塗った、と、面と向かってなじられもした。

単に捜査の手が伸びた時期とタイミングが合っただけだろう、とかばってくれる者も何人かはいたが、花戸は一切、弁解することはなかった。

それでも、確かめないわけにはいかなかった。

花戸はマンションの管理人に田方の写真を見せて尋ねた。

あの日、この男を見なかったか——、と。

もとは警視庁《けいしちょう》の警察官で警備会社に勤めていた初老の男は、あっさりと田方を確認した。

裏切られたのだ——、と。

認めるしかなかった。

その証拠を示し、田方に問いただすこともできただろうが、花戸はしなかった。

意味のないことだ。

ただ、自分ももらっていた合鍵を男の部屋のテーブルに残し、黙って彼の前から姿を消した。

そして、事務所も辞めたのだ——。

それからしばらく、花戸は荒れた日が続いていた。

それまでつきあったことのある他の男とも、いい別ればかりではなかった。後味の悪いことは何度もあった。

だが、さすがにこれはきつかった。

立ち直るまでには時間が必要だった。

夜な夜な街で飲み歩き、毎夜、違う男をベッドへ引っ張りこんだ。

そう…、箕島も、その一人だったのだ……。


あの夜は台風が近づいていて、外は暴風雨だった。

立ちよった店にも客は少なく、雨足の激しさに、馴染みのバーテンダーには、早めにお帰りにならなくて大丈夫ですか？　と何度も聞かれた。

迷惑だったのだろう。花戸が居すわる限り、店も閉められないのだ。

だがそんな夜だったからこそ、花戸は一人になりたくなかった。

田方と出会った時のことを、くり返し、頭の中に思い返してしまうから。

そんな時、雨に追い立てられるように店に飛びこんできたのが箕島だった。……むろん、その時は名前など知らなかったが。

箕島は、その店は初めてのようだった。

ただそういう類《たぐい》の店で、おたがいに連れもない状態だったから、さりげなく品定めはしたのだろう。

誘ったのがどちらだったか、覚えてはいない。すでにかなり酒も入っていた花戸にこだわりはなかったし、むしろいいカモになったのは箕島の方だったのだろう。

「おっと…。なんか、襲われてるみたいだな…」

酔った勢いもあったし、窓をたたきつける雨の音を耳から消したい思いもあった。

ホテルの部屋に入って、なかば押し倒すように男をベッドに組み伏せ、男のモノをくわえこもうとした花戸に、箕島が苦笑しながら聞いてきた。

「俺は誰かの代わりなのか？」

カンのいい男だったのだろう。

「恋人と別れたの？」

性急にコトを進めようとする花戸の手をさりげない様子で止めて、箕島が尋ねてくる。

「……不満ですか？　別の男のことを考えながらあなたに抱かれようというんじゃない」

そして、こんなおしゃべりをするために男を引っ張りこんだわけでもなかった。ただ、この夜、あの男のことを忘れさせてくれればそれでよかったのだ。

花戸はいくぶんいらだちながら、ベッドの上に膝《ひざ》をつき、無造作に自分のシャツを脱ぎ捨てた。

「好きだったんだね…」

つぶやくように、なぜか微笑《ほほえ》むように言った男に、花戸はむっつりと返した。

「別に…。ただ遊び相手がいなくなったので身体がさびしいだけですよ」

「ウソだな」

しかしさらりと、しかしハッとするほどはっきりと言われ、花戸は一瞬、息を呑んだ。

「好きじゃなかったら、そんな傷ついた顔はしてないよ」

そんな指摘に、カッ…、と頭に血がのぼるような気がして、花戸は無意識に顔をそむけた。

「どうでもいいでしょう、そんなことは」

吐き捨てるように言った花戸はいきなり腕をとられ、あっという間にバランスを崩す。

「なに…っ……!?」

そしてそのまま男の胸に抱きこまれて、子供をあやすみたいに髪を撫でられた。

「本気で誰かを好きになるのは別に悪いことじゃないだろう？　恥ずかしいことでもないし」

反射的にもがいた花戸だったが、頭の上から落ちてきた穏やかな声に、ふっと、動きが止まる。

「君を傷つけた男も傷ついてると思うよ。自分のしたことにね」

その言葉に、思わず息をつめた。

……傷ついて、いるのだろうか？　あの人も？

考えたこともなかった。

男の指がやわらかく花戸のうなじのあたりで遊び、そのまま背中を撫で下ろす。

「だからって、君が自分自身を傷つける必要はないだろう？」

深い傷口を包みこむように、優しく男の声が落ちてくる。

ふいに胸がつまるような気がして、花戸は必死にこみ上げてくるものを喉元《のどもと》でこらえた。

無意識にぎゅっと、指先が男のシャツをつかむ。

「あ……」

熱い涙が一気に両目からこぼれ落ちた。

身体の奥から一気に溢《あふ》れ出した感情に自分でも驚いたが、止めることができなくて。

ただ必死に声を殺し、他にどうしようもなく、押しつけるように男の肩に顔を埋《うず》めて。

気がついていないはずもなかったが、男は何も言わないまま、そっと両腕で花戸の身体を抱きしめてくれた。

頰《ほお》に触れる温かな男の体温とかすかな汗の匂《にお》いが、身体の奥まで沁《し》みこんでくるようだった。

「自分を大事にしないと。かわいそうだよ。君の次の恋人がね」

軽く耳たぶを嚙むようにしてそっと落とされたやわらかな言葉が、耳をくすぐる。

背中を撫でる手の感触が心地よくて。

――次の、恋人か……。

花戸はふっと、自嘲気味に笑ってしまった。

次の恋など、もうできるとも思えなかった。

……こんな思いをするのは、もうたくさんだった。

「大丈夫。きっとすぐにまた、いい男に出会えるよ」

しかしそんな花戸の気持ちを見透かしたように箕島は言うと、そっと花戸の顔を両手で持ち上げて唇を重ねてきた。

「俺みたいなね」

冗談とも本気ともつかない…、しかしほんの少し、心が軽くなる言葉――。

優しい、キスだった。

決して性急ではなく、奪うようでもなく。

何度もキスだけをくり返し与えられて。飽きずに髪を撫でてくれて。

ずっと…、頭の芯《しん》に重く沈んでいた痺《しび》れがとれ、吸いこまれるように気持ちが落ち着いて。

心地よかった。ただ抱きしめられていることが。

この夜、花戸は泣き疲れるように男の腕の中で眠りこんでいた。

朝になって目が覚めた時、すでに男の姿はなくて。

酔っていたせいもあったのだろう。その夜のことは、まるで夢の中の出来事のようだった。あるいは、狐《きつね》にでも化かされたような気分で。

一瞬、疑ってしまったが、財布や貴重品はなくなっておらず、ホテルの部屋代も精算されていた。

何だったんだ…、と思いながらも、気持ちはなぜかすっきりと、どこか吹っ切れたような気もした。

ようやく泣けたから、だろうか。自分の弱さを認められたからだろうか……。

いつも、適当な相手と一晩過ごしたあとは、わかってはいても自己嫌悪で気分が悪く、しかしそれをふり払うのにまた男を求めるような悪循環だったのだ。

それがこの日を境に、すっきりと気持ちが落ち着いていた。

……別に「次の恋人」のために自分を大事にしよう、と思ったわけでもなかったが。


花戸が突然、弁護士事務所を辞めたことには、依光もやはり驚いたようだった。

社会的なステイタスも、収入も申し分なく、順調にいっていた仕事だ。

だがあれ以上とどまっていると、楢に迷惑をかけることはわかっていた。彼の名前にも、キャリアにも瑕《きず》がつく。

花戸自身が関与したことではなく、田方に何かをしゃべったわけでもなかったが、確かに情報管理の甘さは言い訳できることではなかったから。

依光は何も尋ねてはこなかった。花戸の様子からも、よほど何かがあったんだろう、とは察しているはずだったが。

ただ時々、飲みにつきあってくれたり、そして自分のマネージャーに引っ張ったのも、あるいは今までとは百八十度も違う業界で、いい気晴らしになるんじゃないか、という気遣いがあったのかもしれない。

最近になってようやく、楢にも詫《わ》びとともに連絡を入れ、とりあえず元気にやっています、と伝えていた。

今でも心配してくれている楢とは、たまに食事をすることがある。

「このまま独立するつもりがないんなら、そろそろもどってきてもいいんじゃないかな。君自身、やましいところはないのだろう?」

そんなふうに誘われたが、花戸は微笑んで首をふった。

そしてあえてほがらかに言ってみせる。

「芸能界もおもしろいですよ。私たちの常識では測れないですからね」

「もったいないな…」

ため息をついた楢に、花戸は思い出したように尋ねた。

「牧野《まきの》はどうですか?」

以前、花戸の下にいた数少ない事務所の後輩で、花戸を慕ってくれていた。

「うん。がんばっているよ。そこそこ仕事も任せられるようになったしな」

「よかったじゃないですか」

「だがおまえくらい使えるようになるには、まだまだだよ」

そんなふうに言われ、花戸は苦笑した。

「気長に見てやらないと」

結局、田方の扱っていた事件は汚職が実証され、大手銀行も巻きこんで芋づる式に他の不正も明らかとなり、社長と側近の部下が逮捕されて、しばらくメディアをにぎわせていた。

そしてその功績もあって、田方はそのあと特捜部へ入ったと聞いた。

この先も、順風満帆に生きていくのだろう。

——花戸にとっては、もう遠い世界のことだったけれど。

◇

◇

「……ストーカーですか」

あの試写会から二週間ほど。

依光を今日の現場へ送り届けたあと、花戸はスタジオ近くの何度か行ったことのあるカジュアル・イタリアンの店へと立ちよった。

正午を三十分ほどまわったちょうどランチタイムで、店内はOLを中心にかなり混み合っている。

席があるかな…、と、ぐるりと見まわした花戸の目に、にやにやと笑いながら手をふっている男の姿が飛びこんできたのだ。

少し奥まった場所にある、ふたり用の小さなテーブルだ。

こっちこっち、と手招きされ、しかしもちろん、約束していたわけではない。

だがここでまわれ右するのもなんとなく負けたようでシャクなので、花戸はむっつりとした表情でそのまま奥へと進み、いかにも仕方なさそうな様子で箕島のむかいの席に着いた。

まったく、不覚、と言うしかないのだろう。

あの夜、出会ったバーも、ホテルの部屋も、間接照明だけで男の顔はよく見えず、酒も入っていてまともに覚えてはいなかった。覚えていれば試写室で見かけた時に、すぐにあの場を離れたはずだったが。

だがあの夜…、箕島とは結局、寝なかった。

朝、起きた時もシャツは着たままで、それだけははっきりしている。

——何が「相性もよかった」だ…。

こっちが覚えていないと思って、いいかげんなことを言ったわけだ。

「今日は会えてラッキーだな」

そんな花戸の内心も知らず、機嫌よく言った男の前では、すでにサラダが入っていたらしい小さな皿が空になっている。どのくらい前に来たのだろうか。

また――、などないはずだったのに。

試写会で会ってから、花戸はなぜか三日に一度は箕島の顔を見ていた。

夕方以降に馴染みの飲み屋で、ということもあるし、おとといはこんなふうに昼食に入ったトンカツ屋で出くわした――もしかすると待ち伏せされていた――ことさえある。

花戸の立ちよりそうな場所を知っている、ということだろう。

「いったいどこで調べてるんです？」

あきれたのと不思議なのと不気味なのとが入り交じった複雑な気分で、花戸は尋ねた。

プータローよりは少しマシ、といった今の花戸の日常は、一応、依光の動きにシンクロしている。

とはいえ、普通のマネージャーのように四六時中くっついているわけではなく、そういう意味ではさらにつかまえにくいはずだった。

野田を経由して花戸の動きを探るのには限界があるだろう。依光が野田と一緒に映画を撮っていた頃ならまだしも、すでにクランクアップした今では、まったく別行動だ。ましてや、そのマネージャーである花戸の動きなどわかるはずもない――のだが。

それとも、依光が野田に頼まれて自分のスケジュールを教えてでもいるのだろうか？

一度確認してみないとな…、と花戸は内心で思った。

水を持ってやってきたウェイターに、ちらっとメニューに目を落としただけで、花戸はAランチのコースを頼んだ。

「毎日、私の行きそうな店をまわってるんですか？」

あからさまに、やれやれ…、という様子で尋ねた花戸に、箕島は悪びれずにうなずいた。

「そう。今日なんかだと依光くん、そこのスタジオで収録なんだろ？　だから君が来るならこのあたりかな…、と網を張ってたわけだ。彼が京都で仕事をしてる間なら夜、飲みに出る確率が高いから、二、三軒、心当たりをまわってみたりね」

「マメですね」

花戸は嘆息した。徒労に終わることも多いはずだが、まったく、この男の熱意はどこからくるんだろう…、と感心するしかない。

本当に自分に興味があるのなら、あの時――最初に会ったあの夜、素直に抱いていればいいだけだっただろうに。

それとも、今さら惜しくなった、というわけだろうか？

「どうせ昼飯はどっかで食うわけだし。それなら今日は君に会えるかもっ、というワクワク感がある方がいいだろう？　会えなくても、そう思っていると半日楽しい」

「ヘンな人ですね…」

にこにこと明るく言った男をマジマジと見つめ、花戸は素で言ってしまう。

「ありがとう」

「褒めてませんよ」

脳天気というか…、まあ、よく言えば、前向き、というのか。

ちょっとうらやましくもあり、同時に腹立たしくもある。これだけポジティブだと悩むこともなさそうで。

花戸がむっつりと返したところに、ウェイターが花戸の分のサラダと、そしてスープの器を二つ、運んできた。どうやら先に食べ始めていた男にペースをそろえられたらしい。

「いや、なにしろ、忘れられない夜だったもんだから」

箕島がスプーンを手に、ちらっと意味深な眼差しで花戸を見つめてくる。

「シンデレラはガラスの靴も残していってくれなかったし、試写会で会ったのが白年目ってわけだな」

「私は覚えてもいませんけどね」

フォークをレタスに突き刺しながら、花戸はバッサリと切り捨てる。

思い出した、などと言うつもりもなかった。

あんな…、恥ずかしく泣くだけだった夜のことは。

だいたい何の痕跡も残さず先に姿を消したのは、この男の方だ。

「うまいな、ここ」

スプーン、三、四杯くらいであっさりとスープを片づけて、箕島が素直に顔をほころばせる。

かなり豪快な食べ方だ。しかし下品ではない。ボンボンには見えないが、育ちはいいのだろう。

「この店は初めてだったんですか？」

「うん。また来よう」

ホクホクとした顔で箕島が言った。

「いい店を教えてもらったよ」

それに花戸は肩をすくめる。

別に自分が「教えた」わけではない。むしろ、勝手に「教わった」と言うべきだろうか。

「何のスープでした？」

花戸もスープに口をつけ、ちょっと首をかしげる。

一見、コーンポタージュのように思えたが、明らかに味が違う。もう少しさっぱりした感じだ。おいしいことに間違いはないが。

「蕪《かぶ》じゃないかな」

さらりと答えられて、ああ…、と思う。言われてみればそうかもしれない。

どうやら舌も確かなようだ。メニューには「本日のスープ」としか載っていなかったから、味覚も確かなのだろう。グルメ、という感じではないが、ふだんからいいものを食べ慣れているらしい。

「お。きたきた」

そしてメインのパスタは、箕島の方はカラスミのようだ。花戸は渡り蟹《がに》を使った少し濃厚なソースだった。

「……そっちもうまそうだな」

ちらっと花戸のプレートを眺めて、箕島がうなるように言う。

「迷ったんだよなー」

「カラスミもさっぱりとしておいしそうですよ」

「好き？」

「ええ」

聞かれて何の気なくうなずいた花戸に、よし、と箕島がにやりとする。

そしていきなり手を伸ばしてくると、ごそっとフォークでひとかき、花戸のパスタをさらった。

「半分、もらうぞ」

「ちょっ…、箕島さん…っ」

子供っぽい——のではない。子供っぽく見せている。

いや、ある意味、それもこの男の一面なのかもしれないが。

しかしとっさのことに、花戸はあせった。

「なに？」

怪訝そうに聞き返しながら、箕島は自分のパスタの半分をフォークとスプーンですくいとり、はい、と当然のように花戸のプレートにのせてくる。

「……ＯＬじゃないんですから」

いい年をした男同士のこんなやりとりが少しばかり気恥ずかしく、うめくように花戸は言った。

「いいじゃないか。おいしいよ、それ」

しかしそれを堂々とやっている男には、まわりの目を気にする様子もない。

ペースを崩される。巻きこまれる、というのか。

何も言ってもムダのような気がして、ため息をつきつつ、花戸はもらったカラスミのパスタを口にした。

……まあ、確かにうまい。

「箕島さん、仕事はいいんですか？　こんなに毎日毎日、どこからご出勤なんです？」

公務員なら昼休みは一時間かそこらだろう。毎日、違う場所へ通っているヒマがあるのだろうか。

「んーと…、桜田門《さくらだもん》から」

パスタを頬張った口の中を空にしてから、ようやく箕島が答える。

ふっと、花戸のフォークを持つ手が止まった。

「……警察官？」

知らず警戒するように聞き返してしまう。

いや、民事を扱っていた花戸が警察と関わることはそうなかったが。

「うん」

箕島はあっさりとうなずいた。

制服警官ではない、ということは、私服の刑事か、内勤か。だがこれほど時間が自由になるということならば、もう少し上のポジションなのかもしれない。

正直、驚いた。

一瞬、所属を聞きたい衝動に駆られたが、花戸はなんとか抑える。

深く関わり合いになる必要はないのだ。

代わりに、さりげない調子で言った。

「まあ…、区役所の戸籍係よりは似合ってそうですけどね」

「そうかな？　戸籍係でもうまくやれる自信はあるけどね」

そんなとぼけた答えに、花戸はちらっと微笑んだ。

確かに、この調子のよさは向いていなくもないだろう。

……それにしても、警察官とは。

自分でもわからないまま、花戸はとまどっていた。

箕島が警察官だったからといって、何がどう、ということもないはずだったが。

あるいは、検事と近い仕事は田方を思い出すから――だろうか。

パスタのあとの小さなエスプレッソを一気に飲み干し、花戸はいくぶん意識的に腕時計で時間を確かめてから、それでは、と席を立った。

「花ちゃん」

それを、のんびりとコーヒーをすすっていた箕島が呼び止めるようにして声を上げる。

「そろそろ夜の約束をして別れたいな」

軽い口調で、しかし見上げてくる眼差しは本気のようにも見えて。

「何が、そろそろ、なのかわかりませんが」

しかし花戸は淡々と返した。

「つれないなー。君とは昨日今日の仲じゃないだろう？」

「明日もあさってもそういう仲になる気はありませんよ」

ため息をつくように言いながら、花戸は財布をとり出す。

「あんまりいけずだと、国家権力を濫用して逮捕するぞ～？」

むー…、と腕を組み、うなるように箕島が言う。

「罪状は何です？」

一応尋ねながら、千円札を二枚抜き出してテーブルに残されたレシートに重ねておく。

「窃盗。強盗、かな？　君は俺のハートを盗んだ」

いくぶん芝居がかったセリフに、花戸は思わず失笑した。

「天下の野田さんでもかっこよく決めるのは難しそうなセリフですね」

「じゃあこういうのはどうかな？」

箕島がわずかに首をかしげ、じっと花戸を見つめると、低く言った。

「君を落としたい」

一瞬、返事につまる。

冗談の延長なのだろう。

だがその眼差しの強さに、花戸は知らず目を伏せてつぶやくように言った。

「こんなに手間暇かける価値があるとは思えませんけどね…」

今の自分にできることなど、せいぜい芸能人のサインをもらうことくらいだろう。そしてそれなら、箕島の方が遥《はる》かに強力なコネがある。

「価値はあるさ。少なくとも俺にとってはね」

何気ないようなそんな言葉に、一瞬、ドキリとする。ちょっと胸の奥が疼《うず》くような…、そんな自分にとまどい、そして戒める。

遊びでつきあうには、いい相手なのかもしれない。

だが…、あんな自分の姿を見られている以上、さすがに居心地が悪い。

そっと息を吸いこんで、少し考えてから花戸は言った。

「だったら今夜、私のいるところへ来てください。……ああ、国家権力を私用に使わないでくださいよ？」

それに箕島がにやりと笑う。舌先が軽く唇をなめた。

「ちゃんとたどり着けたら、いいことがあるのかなあ？」

「さあ、どうでしょう？」

うかがうような問いに、花戸はとぼけて答えた。

試すような…、駆け引きのような会話。

ゾクリ…、と快感にも似た痺れが背中をすり抜ける。

ひさしぶりの感覚だった。胸の奥がワクワクするような。

店を出ると、さすがに肌寒い二月の風が首筋を刺すが、心の中は妙にくすぐったいような気がしていた。

スタジオへもどり、依光の控え室へ入ると、ちょうどディレクターとの打ち合わせを終えたらしい依光が配られた弁当を食べているところだった。

おまえも食うか？　と聞かれ、食べてきたところだ、と断る。

「……どうした？　何かいいことでもあったか？」

このあとの予定について軽く確認してから、依光がちょっと首をかしげるようにして尋ねてくる。

「え？」

花戸は思わず聞き返してしまった。

一瞬、頭に箕島の顔が浮かぶ。

……いいこと、というか、まあ、ちょっとした楽しみのようなものではあるのだろう。

一種の賭《かけ》で、結果は今夜にわかるのだ。

「いや、別に心当たりはないけどな。……俺のバイト代が上がりそうな気配もないし？」

さりげなく答えて、その流れで切り返した花戸に、ハハハ…、と依光が引きつった笑いを浮かべる。

とはいえ、依光のここ数カ月の収入はかなりいいはずだ。

何事もおおざっぱな依光に代わって経理も花戸が見てやっていたが、とにかく領収書をとれ、と口うるさく指導している。

「せっかくフリーなんだし、どうせ言い値なんだからおまえのギャラ、もっとふっかけてもいいくらいなんだがな…」

顎に手をやって、なかば独り言のように花戸はつぶやいた。

「木佐監督の映画に出たことで、俳優としてのランクも上がったわけだろ？」

「あんまりえげつない交渉しなくていいからな…」

釘《くぎ》を刺すように依光に言われ、花戸は軽く肩をすくめた。

任せてくれれば、そっちの方面はマネージャー業などより遥かに得意なのだが。

「……ああ、そういえば」

と、頭の中のメモを思い出して、花戸は口を開いた。

「おまえ、ひょっとして野田さんにスケジュールとか聞かれたことがあるか？」

「野田さんに？」

ペットボトルのお茶に手を伸ばしながら、依光が怪訝に首をかしげる。

「特に覚えはないけど…、何で？　まあ、映画の宣伝の関係で重なる時もあるけどな」

「いや…、いい」

花戸は片手を上げてあっさりと返した。

どこでどうやって立ちまわり先を調べているのか知らないが……。

――今夜、どこへ行こうか？

依光は明日の朝早くから京都での仕事が入っており、夕方の新幹線に乗るのに駅まで送っていくことになっている。

そのあとはフリーだ。

自分でも決めていないものが、箕島にわかるはずもない。

確かに依光が京都の時は飲みに出ていることが多い。――し、それは箕島も知っているらしい。

つまり、行きつけの飲み屋をあたるつもりだろうか？

あるいは、マンションにこもっていれば、間違いなく会うこともない。……いや、箕島が訪ねてくる可能性もあるのだろうか？

さっきみたいに、どこかの店に入ったとたん、箕島が手を上げて待っているイメージが頭に浮かび、思わず喉で笑ってしまう。

あの男の気配を感じながら、結局一人で過ごすことになるとしたら——不本意にも少しがっかりしてしまいそうだった……。

◇　◇

その三日後の夜。

花戸は箕島と差し向かいで、フレンチのレストランにすわっていた。

ホールのような大きなスペースで、中央のフロアをとり囲むように、それを見下ろす中二階といった窓際に整然とテーブルが並べられている。その一席だ。

この間の「賭」に勝ったのは、箕島だった。

あの日、花戸はいろいろと考えた末——なんで自分がこんな男の口車に乗るように考えなければならないのか、それも考えるとまた微妙に腹が立つのだが——結局、考えないことにした。

そして依光を駅まで送ったあと、飲みには行かず、ベイエリアにあるカフェバーへ向かった。

花戸のお気に入りの「仕事場」の一つだ。

フリーの依光に、もちろん個人事務所などという立派なものはない。自宅の電話か、携帯で仕事を受けていたようだが、花戸も特にオフィスは必要としていなかった。モバイルと携帯があれば、ことは足りる。

――あの男はここに来るのだろうか…?

気にしないようにしていても、キーボードをたたく合間に、ふと、そんな考えが忍びこむ。

あえて部屋にこもる、という手もあっただろうし、初めての店に飛びこんでみる、という選択肢もあっただろう。だが、それはフェアではない気がしてためらわれた。

……そう、試してみたい気持ちだったのかもしれない。

あの男が、本当に自分の居場所を探し当てられるのかどうか。

もし当てることができるのなら、花戸の気持ちを見通している、ということになるような気もして。

バカバカしい…、と自分でも思いつつ、やってみろ――、という気分だった。

わかるはずがない、と思っていても、あの男の自信に満ちた眼差しは、花戸を少し不安にさせる。

不安と…、そして自分でもわからない期待――に、なぜか落ち着かなくなる。

軽く首をふって、依光のスケジュールを確認し、現在来ている依頼と突き合わせて。確認をとるべき相手をチェックして。

そしてふと顔を上げると、――箕島が立っていたのだ。

『次は約束してくれるかな?』

にやりと笑って言った箕島は、今日の夕食につきあうように指定したのだ。

「……それにしても、いったいどうやって私の居場所を突き止めたんです？」

コースのメインが終わり、デザートに入ったあたりで、花戸はうさんくさげに男に尋ねた。

「そりゃ、愛の深さでしょう」

ストロベリーのシャーベットをすくったスプーンを握って澄ました顔で答えた男に、花戸はただ冷ややかに返す。

「真面目《まじめ》な話ですよ」

「……真面目なつもりだけどね」

箕島がいくぶん拗《す》ねたふりで肩をすくめた。

「まさかひとの電話を盗聴したとか、尾行をつけたとかいうんじゃないでしょうね？」

職権濫用どころではない。違法行為だ。弁護士としては看過できない。たとえ、今はその仕事をしていなくても。

「国家権力は使わなかったけど、私的なコネクションはフルに使ってみたかな」

まさか、とあっさり否定したあと、箕島は今度はバニラのアイスにスプーンを伸ばしながら答えた。

「やっぱり野田さんに頼んだんですか？」

非難めいた花戸の眼差しに、男がニッ…と笑う。

「利用できるものなら何でも利用します。立ってる者は親でも使います」

宣誓でもするように、厳かに箕島が言った。

「ま、野田くらいになると、本人が言わなくても名前を出すだけでいろいろとしてくれる人はいるからね」

「具体的には何を？」

「まず、依光くんのスケジュールを聞くだろ？　東京で収録があれば、三つ四つ電話をかければだいたいていどこにいるかわかる。それでだいたいの君の行動が把握できる」

「それだけで私の居場所がわかりますか？」

疑わしげに聞いた花戸に、箕島がくすくすと笑った。

「タネを明かそうか？」

「ぜひ」

「君の立ちまわりそうな店の人間と仲良しになるんだよ。オーナーとかバーテンダーとかね」

「え…？」

思ってもいなかったポイントに、花戸は一瞬、絶句する。

「で、君が来たら連絡を入れてもらうように頼んでおく」

あまりのあっけなさに、花戸は言葉もなく男を見つめてしまった。

いったいいつの間に…、という感じだ。

「手品のネタなんて、タネを明かせば、なーんだ、ってことだ」

くすくすと男が笑う。

テーブルに肘をつき、なかば頭を抱えるようにして、ハァ…、と花戸は大きなため息をもらした。

「……じゃあ、この間のカフェはどうしてわかったんです？」

あの場所は依光も知らないはずだし、夜の飲み仲間などともあそこで会ったことはないはずだ。

「マンションにはいないようだったし、どうやら飲みに出たわけでもない。とすると、あの時間ならホテルのラウンジかどこかで仕事をしてるのかな、と最初は思ってね。君のお気に入りの仕事スペースは、俺が把握してる限り四つだけど、そのうち二つは電話をかけていないことを確かめた」

「電話？」

「呼び出してもらったんだよ。でもいらっしゃらないようです、って返事だったから、あと二つは自分で出かけてみるつもりだった。ま、最初の方で当たってたけど」

あっさりと言って、少し自慢げに箕島がにやりとした。

そう説明されれば簡単なことのようにも思える。が、実際にはそんなにたやすくもないはずだ。

それとも警察官だと、そういう「聞き込み」は苦にならないのだろうか。

「でも、あのカフェが私の行きつけだとよくわかりましたね？」

いくぶんとまどいながら、花戸は尋ねる。

好きな店だが、それほど頻繁に通っているわけではない。

「花ちゃん、あの店のロゴが入ったハンカチ、持ってるだろ？」

花ちゃん、という呼ばれ方には引っかかったが、にやりと笑って指摘された内容に、あ…、と短く声を上げてしまう。

あのカフェはコースターやキーホルダー、カップなどをオリジナルで作って販売していた。ある時、ハンカチを忘れたのに気づいて、これでいいか、と一枚、買ったのだ。

小さな帆船のマークと英文字のロゴだけが入ったシンプルなものだったので、今も日常に使っている。

それを目ざとく見つけていたらしい。

「……まったく感心しますよ、あなたには」

やれやれ…、と花戸はため息をついた。少しばかり、やられた、と悔しい気もしたが。

「惚れ直してくれたかな？」

「直してません。……そもそも前提が間違っていますよ」

調子のいい男に花戸は淡々と返し、溶けかかっていたアイスクリームをようやく口に運んだ。

それでも、こんなつまらないやりとりがなんとなく心地よい。

得体が知れず、ずうずうしい男だが、するりと気持ちの隙間《すきま》に入りこみ、……いつの間にか居すわっている。

とぼけた口調で、無邪気にも見える態度で。

だが、裏表がない、というのとは違う。ちゃんと計算しているのだろう。

花戸の気持ちや、呼吸や――そんなものを。

つかみどころがない、不思議な男だった。今までまわりにはいなかったタイプだ。

「それにしても、一介の警察官にしてはよくこんな店を知ってますね？」

公務員の給料で行きつけにするには、かなりグレードの高い店だ。……もっとも、公務員にもランクがあるわけで。

「まぁ、そこそこね」

軽く流した箕島に、花戸は先日、警察官だと聞いた時から思ってはいたが、あえてさらりと尋ねる。

「キャリアなんですね？」

問い、というより、確認だ。

「ま、そんなもんです」

観念したように、箕島が肩をすくめて答えた。

やっぱり…、と花戸は内心でつぶやいた。

一介の刑事、ではないわけだ。現場の刑事とは雰囲気が違う。身につけているものにしても、派手なブランドではないが、質のよいものだ。スーツは仕立てだろう。

もともとの生まれもよさそうで、なんとなく、野田と通じるところはある。

だが、箕島にエリート然とした雰囲気はなかった。……田方が持っていたような強烈な自負は感じられない。

「部署を聞いてもいいですか？」

「警視庁組織犯罪対策部で管理官をしています。……って、なんか見合いみたいだな」

箕島がきれいに空いたデザートの皿をわずかに押しやりながらあっさりと口にする。

警視庁に近年新設された部署だ。確か暴力団関係、薬物関係、銃器関係……など、そのあたりを集約した部署だったと記憶している。

「キャリア官僚が男の尻を追いかけまわしていていいんですか？」

「なにしろ気まぐれな恋の天使は時と場所を選ばないからねえ…」

辛辣な花戸の言葉に、箕島は相変わらずとぼけた返事をする。

黒服のウェイターが空いたデザートの皿を片づけ、コーヒーが運ばれてきた。

「少しは選んだ方がいいと思いますよ？　残念ながら、私の方にはその天使の羽ばたきも聞こえませんからね」

ブラックのまま一口つけてから、花戸は無慈悲に言った。

それに箕島が口元で小さく笑う。

「その場合は、近くを飛んでる天使に縄をかけて引きずってくることにしている」

さらりと言われ、花戸は一瞬、言葉を失った。

「……強引ですね」

つぶやくように答えてから、ようやく頭の中でその意味を考える。

いったい箕島が何を言いたいのか、正直、わからなかった。

何か意図していることはあるはずだが。

と、箕島がクリームを入れたコーヒーにのんびりと手を伸ばして、ふと気づいたように視線を落とした。

下のフロアの、ホールの中央付近だ。ピアノの正面向かい。

そして短く口笛を吹いた。

「ほう…、噂通り美人だな」

その言葉に、花戸も何気なく視線を向ける。

ウェイターが、新しく入ってきた女性の客にイスを引いてやるところだった。

黒のシックなドレス姿の、なるほど美人だ。二十七、八、といったところか。理知的な雰囲気で、相応の落ち着きがある。

噂通り、と言ったところをみると、面識はないまでも、知っている女性のようだ。

そして、無意識にそのむかいへ腰を下ろした男の姿を見た瞬間、花戸は一瞬、心臓が止まるかと思った。

――えっ…?

と、無意識に小さな声が唇からこぼれ、反射的に動いた指先が危うくコーヒーカップを倒しそうになる。

「……おっと」

腕を伸ばして、箕島がそれを押さえた。

女のむかいに落ち着いた笑みで腰を下ろし、メニューを広げる見慣れた男の横顔——。

田方だった。

「箕島さん…、あなた……」

花戸は目の前の男を激しくにらみつけ、かすれた声を絞り出した。

特に悪びれるでもなく、臆することもなく、そんな花戸の顔をまっすぐに見つめ返してから、箕島はゆっくりと再び、視線を彼らに落とす。

「東京高検《とうきょうこうけん》の生稲検事長《いくいなけんじちょう》の娘さんだ。田方検事と婚約が決まったらしくてね。君と別れてからだとずいぶん手が早い気もするが、どうやら検事長が田方さんのことを気に入って、結婚を前提に娘と引き合わせたらしいな。彼女の方もまんざらじゃなかったってことだろうが」

しゃあしゃあと説明する。

……どうして……？

花戸はただ呆然《ぼうぜん》と箕島を見つめていた。

明らかに、田方が今日ここに来ると知って、箕島はこの店を指定したのだろう。

だがどうしてこの男が自分と田方との関係を知っているのか。

「あなた…、私のことを調べたんですか？」

「うん」

怒りをにじませて尋ねた花戸に、箕島はあっさりとうなずく。

「好きなコのことはやっぱり知りたいと思うからね」

自分のことを調べたのなら、自分が事務所を辞めることになった事情も——知っているのだろう。

花戸の性癖を知っていれば、田方との関係を推測するのも難しいことではないのかもしれないが。

……しかし、いずれにしても。

「私には…、もう関係のないことですよ」

二度ほどゆっくりと呼吸をしてから、花戸はようやく口を開いた。

それでも自分の表情が、声が、強張《こわば》っているのがわかる。

「でも動揺はしてるだろう？」

短く、的確に、そして容赦なく花戸の胸に刺さる言葉だった。

さすがに花戸もカッ…とする。

「箕島さん…！」

思わず声を荒げ、それでもようやく拳《こぶし》を握って自分を抑えた。

「どういうつもりですか…？」

低く、怒りのにじんだ声を押し出す。

ただおもしろ半分に人の古傷をえぐるつもりなのか——。

そんな花戸の眼差しを受け止めたまま、箕島は淡々と続けた。

「かつて君を裏切った恋人が、婚約者と楽しく過ごしている。もしかするとこのあと、部屋をとっているのかもしれない」

いかにも生々しいそんな言葉に、花戸は思わず息をつめる。

無意識に想像してしまう。思い出してしまう。

あの男の腕の強さや、熱や、吐息や——与えられた快感を。

「……やりたくならない？」

顔をのぞきこむようにして端的に聞かれ、花戸は思わず目を見張った。

言葉が出なかった。

どういうつもりだ…！　と怒鳴りつけてもいいくらいのはずなのに。

「ま、いろいろと解消法はあるだろうけどね。今から下に降りて、彼のテーブルをぶちまけてみるとか。バッティングセンターに行って打ちまくってみるとか」

いったん視線をそらし、軽く言って、箕島は残りのコーヒーを飲み干す。

「でも、セックスが一番いい」

そしてまっすぐに花戸を見て微笑んだ。

その言葉に、ゾクリ…、と身体の芯が震える。

理不尽だ、と思う。まともじゃない、とも。

「卑怯《ひきょう》な……やり方だ……」

乾いた唇を舌で湿し、ようやく花戸はつぶやいた。

それでも――確かに、今の花戸が渇望するのはそれだった。

「手段を選んでいるにはそろそろ俺も我慢の限界でね」

箕島が低く笑った。

「俺のモノになりなさい。何でもしてあげるから」

自信たっぷりな言葉。

しかしどこか軽やかで、包みこむようで。

「……満足させてくれるんですか？　あの人よりも？」

そっと息を吸いこみ、挑むように、花戸は尋ねた。

「もちろん」

男は不敵に笑ってみせた――。


用意周到、というか、箕島は近くのホテルにすでに部屋をとっていたらしい。

さすがにスイートというほど気どったこともなく、エグゼクティブ・フロアのシンプルなダブルの一室だった。

部屋に入って、何気なく…、少しタイミングを計るように、無意識に花戸は窓際へ立った。

かなりの高層階で眺めもいい。

そっと息を吐いてから、花戸はゆっくりと向き直った。

「恋愛ごっこをするつもりはありませんよ」

腕を組み、淡々とそう言った花戸に、箕島は小さく笑った。

「もちろん」

さらりと答え、男は特にあせる様子もなくスーツの上を脱ぐと、ハンガーにかけてクローゼットにしまう。そして、スッ…と花戸に手を伸ばしてくる。

「皺《しわ》にしたくないだろう?」

どこか含むように笑ってうながされ、花戸はちょっとムッとしながら、いくぶん乱暴に上着を脱いで無言のまま放り投げた。

男がそれをしまっている間に、花戸は思い切るようにベルトを外し、タイをほどく。

そのままシャツのボタンを外そうとした手が、そっと止められた。

「それは俺にさせてほしいな」

いつの間にか男の顔が間近にあり、花戸はわずかに息をつめた。

自分より二、三センチほど背が高いのがわかる。

……ちょうどキスがしやすいな……。

そんなことを無意識に思って、花戸は少しとまどった。

男の指が楽しそうに一つずつ、ボタンを外していく。

皮膚の固い指先がそっと喉元を撫で、はだけさせた胸へとすべり落ちる。くっきりと浮き出た鎖骨をなぞり、その中心からツッ…と下へたどる。

深く息を吐き、花戸はそっと目を閉じた。

背中にまわった手が、花戸のズボンからシャツを引き出し、その裾《すそ》から手のひらを差しこんで背中を撫で上げる。

「あ……」

わずかにのけぞった身体が壁に押しつけられ、大きな手に顎がとられた。

指先で唇が撫でられ、そっと目を開くと、憎たらしい笑みを浮かべた男の顔が目の前にあった。

「キスしてもいいかな?」

聞かれて、ええ…、と吐息だけでようやく答える。

唇が重ねられた。

濡《ぬ》れた舌先が唇の隙間をなぞり、なだめるように動いてから中へ入りこんでくる。

「ん…っ…」

舌がからめられ、優しく吸い上げられて。深く、何度も味わわれる。

優しく、しかし決して逃がしてくれない。

うまいのだろう。男の舌が離れていったのに、無意識に追うようにして伸ばしてしまう。

「君の望むようにしてあげるよ。めちゃくちゃにひどく抱いてもいいし……、優しくしてもいい」

大きく呼吸をした花戸の耳の中に、そっと、吐息のような声が吹きこまれる。

ドクッ…、と身体《からだ》の奥に波が起こるようだった。

「箕島…さん……？」

「どうしてほしい？　ひざまずいて、くわえてあげようか？」

言いながら、箕島の手は脇腹をすべり、花戸のズボンのファスナーを引き下ろした。

下着の上から中心が手の中であやされる。

強く、弱く。絶妙なタッチで。

うめき声がもれそうになるのを、花戸は必死に喉の奥で押しとどめた。

「……いいですね」

そしてようやく、無意識にもうるんだ目で、花戸は答える。

箕島が吐息で笑った。

「それから…？　動物みたいにむさぼり合おうか？」

まるで甘い秘密を共有するように、こっそりとささやかれて。

「ええ…」

花戸はため息をつくように答えた。

「ええ、そうしてください……」

ただの動物のように、今夜は快感だけに溺《おぼ》れたかった。

「いいよ」

箕島が静かにうなずく。

さらり、と指先が花戸の髪をかき上げる。鼻先に、そして唇に、軽く触れるだけのキスを落とし、言葉通り床へ膝をつく。

ためらいもなく動いた男に、花戸は一瞬、息を呑んだ。

箕島の手がズボンを引き下ろし、下着越しに中心を刺激してくる。執拗《しつよう》にその形をなぞられ、先端が強くもまれて、早くも反応しているのがわかる。

花戸にしても、ひさしぶりだったのだ。

さんざんなぶってから、ようやく男の手が花戸のモノをとり出した時には、それはすでに硬く反り返していた。

ちらっ…、と視線を上げた箕島と目が合い、さすがに恥ずかしく、頬が熱くなる。

「反応がよくてうれしいよ」

さらりと言われたそんな言葉も、嫌がらせにしか聞こえない。

男の舌が花戸のモノにからみついた。先端からくびれ、根本まで丹念になめ上げられ、淫《みだ》らな音を立ててしゃぶられる。

きつく弱く根本の球が指でもまれ、硬く張りつめた茎も巧みに手の中でしごかれた。

「あぁ……」

甘い快感が全身へ伝わっていく。

花戸は無意識に男の髪をつかみ、押しつけるようにして夢中で腰を揺すっていた。

そのまま一気に達してしまいそうな熱が、狭い器の中で荒れ狂っている。

ようやく箕島が口を離すと、唾液《だえき》に濡れそぼったモノが淫らにそそり立っていた。

「おっと…」

膝に力が入らず、崩れ落ちそうになったのを、男の腕が受け止める。

そしてそのまま、前のダブルベッドへ身体が横たえられた。

甘く疼く腰を無意識に浮かせながら、花戸はそっと息を整える。

箕島がいくぶん手荒に自分のタイを外し、シャツを脱ぎ捨てる。

「待って…、箕島さ……」

そしてベッドに乗り上がってくると、なかば脱げかかっていたシャツと下着が引き剝《は》がされた。抵抗する間もない。

花戸は今まで、どんな相手とのセックスでも自分を失ったことはない。夢中にならなかった、ということではなく、自分の快感と同時に、相手の快感も推し量ることができた。

相手に主導権を渡しているふりで、自分をコントロールできたのだ。

もっと相手を高めることも、自分から快感を求めることも。

しかし今日はペースが違っていた。

ひさしぶりだから、ということではない。

この男だから、だ。

こちらの感覚やタイミングがまったく通じない。一方的にされることにとまどってしまう。

強引に開かれた足の間に男が身体をねじこみ、膝を折り曲げるようにしてのしかかってくる。

指先で花戸の前髪を撫で、箕島がにやりと笑って言った。

「だーめ。むさぼり合うんだろう？　死ぬほどあえがせてあげるよ」

そんな言葉に花戸は言葉をなくし、たまらず視線をそらす。

「お手やわらかに……、お願いしたいんですが」

ようやくそううめいた花戸に、却下、と楽しげな声が耳元でささやく。

そして濡れた舌先で耳の中がくすぐられ、耳たぶを甘噛みされ、耳の後ろがなめ上げられる。

「あ…っ…」

ゾクゾク…、と湧き起こる疼きに、たまらずうわずった声がこぼれ落ちた。

「へーえ…、耳の後ろ、弱いね」

男がうれしそうに言い、さらに執拗になぶってくる。

「やめ…っ、そこは……もう…っ」

花戸は必死に身をよじり、シーツに爪《つめ》を立ててこらえた。

くすくすと笑いながら、箕島がかきまわすようにしてこめかみのあたりで花戸の髪を撫で、頬から首筋へと唇をすべらせた。

先行するように手のひらが胸を撫で、小さくとがらせている芽が指先に摘《つま》み上げられる。

「あぁ…っ」

思わず、ビクン…、と身体を跳ね上げた花戸に、箕島が低く笑った。

「乳首も感じやすい？」

言いながらきつく押しつぶし、転がすようにしてさんざん指先でもてあそぶ。

「あぁぁ……っ」

それだけですでに痺れたようになっていたそこが舌先になめ上げられて、ズキッと沁みこむような刺激にさらに声が上がってしまう。

唾液に濡らされ、敏感になった乳首が指で摘まれて、花戸は大きく身体をのけぞらせた。

いったんおさまりかけていた中心が男の手の中に握りこまれ、軽くこすり上げられて、喉の奥からうめき声がこぼれ落ちる。

男の手の中で、節操もなく自分の中心は硬く張りつめ、早くも快感にむせぶような蜜《みつ》を滴らせていた。

「ふ…っ、……あぁ……っ」

と、肩が引かれ、上体が浮かされると、反転させられる。

背中から男の膝に抱き上げられるような体勢で、前が慰められた。

ぬるり、と自分のこぼしたもので男の手がすべり、それをさらにこすりつけるようにして愛撫《あいぶ》される。

やがて男の手は、さらに奥へと入りこんできた。

「あ……」

その予感に、かすれた声が唇を割る。ゴクリ…、と、もの欲しげに唾《つば》を飲みこんでしまう。

細い筋をたどり、深く閉ざされた秘部へ行き着くと、濡れた指先がゆっくりと動き始める。指をまわし、固くすぼまった入り口を押し開くようにしてほぐし始める。

「ん…っ、あ…っ…」

びくっ…、と身体が動くのをダイレクトに感じるのだろう。

花戸の背中で、箕島が小さく笑う。

ようやく緩んできた後ろにゆっくりと指が埋められ、奥まで差しこまれた。

「あ……んん……っ」

抜き差しされ、大きくかきまわされて。

頭の芯から痺れるような感覚が広がってくる。

「気持ちいい…？」

聞かれて無意識に首をふりながらも、花戸は片膝を立て、もっと快感を得ようと腰をふった。

指は二本に増え、さらに花戸を狂わせていく。

ほったらかしにされた前からは、次々と淫らに蜜がこぼれ落ちていた。

「いいみたいだね…」

いやらしく耳元でささやきながら、箕島のもう片方の指が前にまわり、固くとがっている乳首をいじり始める。

ゾクゾク…、と身体の内をものすごい勢いで何かが走りまわっている。

「あぁ…っ、あっ…あぁ……」

不安定な体勢が、よけいに危うい快感を募らせる。

「な…に……？　――あっ…！」

と、男の指がずるりと抜け落ち、ぼうっ…、と熱に浮かされていたような花戸は、ハッ…と動きを止めた。

背中を抱きしめていた男の腕が花戸の身体をシーツへ押し倒し、片足を抱え上げるようにしてのしかかってきた。

「まだだよ」

と、いたずらっぽく言うと、花戸の腰を軽く浮かせ、さっきまで指でさんざんなぶった部分を、今度は舌先でなぶり始める。

「あぁぁぁ……っ」

反射的に逃げかけた腰は強い力で押さえこまれ、やわらかくほどけていた襞《ひだ》がさらに唾液に濡らされた。

さらに奥までとがらせた舌先が入りこみ、内壁をなめ上げられて、花戸はガクガクと腰を揺らせてしまう。

そして溶けきった入り口を確かめるように指先でかきまわされ、男の指をくわえこもうと、恥ずかしい襞がいっせいにからみついていく。

しかし男は中をなだめてくれることはなく、その指でそそり立っていた花戸の前をそっと撫で上げた。先端からこぼれた蜜が茎を伝うのを指先でそっと拭《ぬぐ》い、くすぐるようにして張りつめたモノをなぶると、先端が口にくわえられる。

「ふ…っ、う……――あ…っ、あぁ……っ」

たまらない快感だった。

男の舌は先の小さな穴をなめ上げ、時折きつく吸い上げていく。

それと同時に後ろの入り口が爪でいじられ、花戸はシーツを引きつかんだまま、どうしようもなく身体をくねらせた。

「も……、は…やく……っ！」

こらえきれずにうめく。

「早く……して……くださ……」

頭が痺れ、うまく舌がまわらない。

「もっといっぱい泣かせてみたいところだけどねえ…」

しかし箕島はそんなふうに言って、さらに焦《じ》らす。

二本、一気に指を含ませ、数度かき乱してから、一気に引き抜く。

「やぁ……っ！」

花戸は無意識に腰を締めつけたが、それはあっさりと出ていってしまう。

「俺のが欲しい？」

喉の奥で笑いながら、箕島が自分のモノを花戸の下肢へと押し当ててくる。

十分に硬く張りつめたその大きさと質量が花戸のモノにこすりつけられ、さらに奥の入り口あたりで焦らすようにして触れてくる。

その熱さに、喉が鳴った。

「早く…中…に……っ」

ぎゅっと目を閉じて、花戸はうめく。

欲しくて――たまらなかった。

「君の望むとおりに」

くすっと笑った男は澄まして言い、一気に中へ突き入れてきた。

瞬間、自分がどんな声を放ったのかもわからない。

強く腰が引きよせられ、何度も激しく揺さぶられた。無意識にきつく男を締めつけ、ずるりと引き出されるその抵抗に頭の芯が焼けつくようだった。

男の腕がきつく背中を抱きしめてくる。

湿った肌の感触と汗の匂いに包まれる。

花戸も夢中で男の肩にしがみつき、身体を密着させて、揺さぶられるままに任せる。

「あぁ……っ、あぁっ……あぁぁぁぁ――――……っ！」

熱い波に呑まれ、溺れて、あっという間に追い上げられた。

身体の奥に熱がたたきつけられ、同時に、男が中に放ったのがわかる。

低くうめいて箕島がいったん離れ、しかしホッ…と息をついた花戸の頬を撫でながら、男はにやりと言った。

「……まだこれからだからね？」

ようやく解放されたのは、三度くらい続けざまにいかされたあとだろうか。

体力も精神力も絞りとられた感じで、花戸はただぐったりとシーツに沈んだ。

これほど一方的に翻弄《ほんろう》されたのは初めてで、我に返るとさすがに憮然《ぶぜん》となってしまう。

「シャワーは？」

箕島の方がまだ余裕の声で聞いてくるのが、さらに腹立たしい。

「そんな体力はありませんよ…」

投げやりに言った花戸に、じゃお先に――、と男がさっさとバスルームへ消える。

まもなく水音が聞こえてきた。

花戸はしばらくぐったりとしていたが、ようやく節々の痛む身体を起こし、這《は》うようにクローゼットまで行って自分のスーツからタバコを見つけ出した。

ベッドにもどり、火をつけて煙を吸いこむと、ようやく人心地つく。

――まったく……。

いったいどれだけやるつもりだ、と思うが、それでも頭の中のもやもやも、身体の方も、空っぽになったのは確かだろう。心地よいくらいに。

あの時……据え膳《ぜん》を食わなかったくらいだから、案外淡泊な方なのかとも思っていたが、まったくそうでもないらしい。

まあ、「相性」の方は確かに悪くはないのだろうが。

――田方が結婚…、か……。

ぼんやりと思い出す。

いい年だし、それも当然だろう。

今さら未練がある、とか、悔しい、ということではなかったが……やはり、言いようのない不快感のようなものはあった。

それにしても箕島は…、自分を「落とす」ためだけに田方のことまで調べたのだろうか…?

ぼんやりとそんなことを考えていると、箕島が腰にタオルを巻いただけの姿でシャワーから上がってくる。

ベッドで上体を起こしてタバコをふかしている花戸に、わずかに眉をよせた。

「タバコはやめた方がいいよ」

そんな言葉に、花戸は肩をすくめた。

そんなことはもちろん、わかっている。ただあらためて禁煙しよう、と決意がいるほど、本数が多くもなかったから。

日に一、二本。吸うか吸わないかで、手持ち無沙汰《ぶさた》な時に手が伸びるくらいだ。

「口淋《さび》しかったらキスをしてあげるから」

花戸の横に腰を下ろしながら、箕島が花戸の唇からタバコをとる。

そして顔を近づけてきて、すくい上げるようにキスされた。

花戸は目を閉じて、あえて淡々とそれを受け入れる。

男の舌先がからかうように…、あるいは誘うように、だろうか。花戸の舌先を弾《はじ》き、軽く触れ合わせてくる。

チュッ…、と濡れた音が耳に届く。

「……もっと別のモノをくわえさせてあげてもいいけどね?」

そして顔を離すと、花戸の顔をのぞきこむようにしてにやりと笑った。

「エロすぎですよ。警察官のくせに」

花戸は顔をしかめてみせる。

「それは偏見だなー。警察官だって男だからね」

どこかいばるように言ってのけると、箕島は不敵な笑みで尋ねてきた。

「悪くなかっただろう？」

「まあ、悪くはないですよ…」

いくぶん言い淀《よど》みつつ、仕方なく花戸は答える。

満足そうに男がうなずいた。

「じゃあ、もう一度やる？　それとも…、次の約束にしておくかな？」

「次にしてください……」

そのどちらかしか選択肢がないわけではないはずだが、さすがに花戸はだるい腰を抱えて低くうめいた――。

◇

◇

それから十日ほどした昼下がり。

依光の収録がまだしばらくかかりそうなので、昼食後、花戸は仕事を持ってスタジオ近くのカフェへと移っていたが、箕島は当然のように、それについてきていた。

「警察はどれだけヒマなんですか…」

時間はすでに午後二時に近く、税金泥棒、という目つきで、いかにもあきれたように言った花戸に、箕島は、土曜日だもん～、と、ほざいていたが。

仕切り直しのように初めてこの男と寝てから、正直、花戸は迷っていた。

恋愛ごっこをするつもりはない。

せいぜい、あおってくれた責任をとってのセックスフレンド――というくらいだ。

勘違いしてほしくはなかった。

だから次に会った時、妙に馴れ馴れしいようだったらぴしゃりと切るつもりで、多分、必要以上に臨戦態勢だったのだろう。

しかし箕島の態度、というか、スタンス、というのは、それまでとまったく変わることはなかった。ことさら親しげに距離をつめてくることもなく、「恋人」を主張することもなく。

……まあ、もともとがずうずうしかった、と言ってしまえばそれだけかもしれないが。

そのことに安心したのか、結局、あれから二度ほど、夜を一緒に過ごしていた。

なし崩し、というほど流されたつもりもなかったが、身体だけは少し、馴染んだのかもしれない。

一度で終わらなかったのは、せっかく落ち着いていた気持ちに火をつけた箕島の責任だ——と、思っていたが、……しかしそれも自分への言い訳だとわかっていた。

ただ、抱かれるのが好きなだけ。あるいは、人肌が恋しかった…、ということなのかもしれない。

自分でも不思議な感覚だった。

不思議な男だ——と思う。

ストーカー並みにつきまとわれ、いいかげんうっとうしいはずなのに、なぜかこうして一緒にいる時の雰囲気は悪くない。

呼吸が楽で…、空気がやわらかくて。

心地がいい。

言いたいことを言い、返ってくる言葉を期待している。その裏に潜むものを。

言葉の端々ににじむ駆け引きとか、皮肉とか、ほのめかしとか。

今でも「次の約束」をして別れることは稀《まれ》だが、箕島は相変わらずランチタイムや馴染みのバーにふらりと姿を見せる。

この頃は、どうやら依光の仕事終わりを狙《ねら》って迎えに来ることすらある。

今日は、箕島に言わせるところの「デート」という名の待ち伏せをかわした花戸だったが、食事も終わりかけた頃に、『今、どこにいるの～?』と、涙マークの絵文字入りで携帯にメールが入ってきた。

どうやらカンが外れて別の店で食べることになったらしい。

いつもいつも、そううまく行動を読まれてたまるか、とちょっとうれしくなった自分に、毒されてるな…、とため息をついてしまうのだが。

とはいえ、そう遠くに外していたわけでもないらしい。

仕方なくいる場所を教えてやるとすぐにやってきて、こっちだったかっ！　とおおげさに衝撃を受けていた。

花戸にしても、「ここのカレー、かなりうまいぞ?」と依光に言われながら、出された弁当を辞退して食事に出たわけで、……多分、無意識にも期待していたのかもしれない。

入った店に男の姿がなくて、なぜか失望した自分に、ちょっととまどってしまった。

……箕島にしても、今はただ、ものめずらしいだけでつきまとっているのかもしれないのに。

その箕島は、今はモバイルを開いた花戸の前で、レシートの仕分けをしていた。……いや、させられていた、というべきか。

花戸がさっき依光の財布にたまっていたものを、ごっそりとさらってきたのである。

それをいかにもヒマそうな箕島に押しつけたわけだが、彼は経費に上げるものと私用のもの、二つの山に分けながら、時折、悩むようにわずかに眉間《みけん》に皺をよせている。

花戸は取材の依頼があった雑誌社へ、返事のメールを打っていた。

「ねー、花ちゃん～」

手元ではせっせと仕分けをしながら、箕島が少しばかり甘えたような声を出してくる。

「……箕島さん。その呼び方、やめてもらえませんか？」

思わず、ピクッとこめかみのあたりをひくつかせ、花戸は冷ややかな口調で言った。

「なんで？　花ちゃん、カワイイのに」

ふっと視線を上げ、きょとんとした、いかにも罪のなさそうな顔で言った男を、花戸はモバイル越しに無言でにらみつけた。

「子供の頃からそうやってからかわれてきたことくらい、あなたのその優秀なオツムで想像できませんか？」

「君をからかっていた子は君のことが好きだったんだよ」

「バカバカしい…」

にっこりと笑って言われ、花戸はあきれたように嘆息する。

「ね。今日の夜は？　ダメ？」

それにかまわず、大の男がねだるような目で尋ねてくる。

「依光の上がり次第でしょうね」

花戸は視線をディスプレイにもどし、指をキーボードの上ですべらせながら、さらりと返した。

確か今日は、依光はトライゲーム形式のバラエティの収録だった。上がりの時間が読みにくい。

「依光くん、このあと京都だろ？　駅まで送ったらフリーかな？」

「……よく知ってますね」

相変わらず、公私混同した情報網は優秀なようだ。

「君のことだからね」

にやりと笑って箕島が言った。

――調子がいい…。

花戸は前髪をかき上げ、大きく息を吐き出した。

「まったく…、あなたが野田さんと親友だとはとても信じられませんよ」

ずいぶんとタイプが違う。少なくとも、野田はこんなに軽くはないだろう。一つ一つの言葉に重みがある。

明らかに嫌味で言った言葉に、箕島が渋い顔でうなった。

「野田はな～。俺がいなかったら、ただの根暗で無趣味な公務員だったんだぞ～」

「野田さんも警察官僚だったんですか？」

少し驚いて、花戸は思わず手を止めて聞き返す。

「そう。俺もあいつも、司法試験と国家公務員Ⅰ種、ダブル合格したんだぞ」

えへん、と威張るように言った箕島に、花戸は、へえ…、とつぶやいた。

それは確かにすごい。

――が。

「日本の未来を憂いてしまいますね…」

なかば冗談でもなく、花戸はつぶやいていた。

「野田さんはともかく、あなたはそんなに勉強好きにも見えませんけどね」

そんな花戸の言葉に箕島が手を止めて、ちょっと肩をすくめた。

「何だろね…。野田に負けたくなかったんだろうな」

自分に確かめるように言った箕島を、花戸はふと、あらためて見つめてしまう。

なるほど、よい友人なんだろう。

違いばかりが目につくが、本質的には似たところがあるのかもしれない。

「ま、あいつの欠点ていや…、……男の趣味が悪いってことくらいかな」

ポツリとつぶやいた箕島の言葉を、花戸は聞きとがめる。

「男、ですか？」

「あれ？　知らなかった？　野田が木佐監督とつきあってるの」

むしろ驚いたように聞き返されて、えっ？　と花戸は声を上げてしまった。

「なんだ、依光くんから聞いてるのかと思ったよ」

あっさりと言って、箕島が肩をすくめる。

「いや…、依光はそういうことは口にしませんから」

それに、実の父親が恋人――などと、他人にわざわざ吹聴《ふいちょう》したいことでもないだろう。

親友にならなおさら照れくさい……というか、あのひねくれた親子関係なら、おたがいに知らないふり、というところなのかもしれない。

だが確かに、野田は木佐監督に傾倒しているところはあった。……単にその作品に対してだと思っていたが。

花戸はそっと息を吸いこみ、軽く唇をなめてから、いくぶん非難するように言った。

「いいんですか？　そんなことをぺらぺらとしゃべっても」

「君は人に話すような男じゃないだろ？」

が、あっさりと箕島は返してきた。

あたりまえのように。

そんな信頼――は、うれしくもあるが。

「まったくなァ…、あんな手のかかるオヤジのどこがいいんだか…」

ぶつぶつと箕島が文句を垂れたところをみると、箕島自身はいささか納得がいっていないのかもしれない。

あるいは、長年の親友を恋人にとられる気持ち――なのだろうか。

確かに、依光に千波という存在ができた時、花戸も一抹の淋しさを感じないわけではなかったから。

ちらっと唇の端で花戸は微笑んだ。

「男としては魅力的な人ですよ、木佐監督は。確かに恋人としても夫としても不向きな気はしますけどね」

型破りで、豪快で。

才能に溢れる男——。

真剣につきあうとしたら、確かに苦労しそうだったが。

「でも誘われれば、一夜の相手としては十分魅力的だ」

「ふーん…」

冗談でもなくそう言った花戸をじっと見上げ、箕島が指先でポリポリと頬をかく。

「冗談にならねぇのが恐いよな…」

うめくように言って、ハァ…、とため息をついた。

「頼むから自重してくれよ。野田は辛抱強いからな…。浮気で別れるってことはないだろうが…、まあ、あいつが泣くのは見たくねぇしな」

それには答えず、花戸はただ小さく笑って流した。

案外、箕島は野田のことが好きだったのか…、とちらっと思う。

確か、小学校から一緒だった、と言っていただろうか。

それが真剣な——純粋な恋だったとしたら、この男の求めるレベルはかなり高い。人間的にも、外見的にも。才能や頭脳も。

少なくとも、誰彼かまわずベッドに引きこむような、尻の軽い男ではないはずだ。

なぜ自分なのか…、と思っていた。

だが、なるほど、野田が手に入らなかったのなら、あとは誰を相手にしても同じ、ということなのかもしれない。

そして、微妙に野田とつながりのある自分は、箕島にとってはつきあうのにほどよいポジションにいた、ということなのだろう。

野田に近すぎず、遠すぎず。よい距離を保っていける。

――ノリも軽いはずだ……。

別に自分にしても、本気だったわけじゃない。

そのはずだったのに、小さなトゲが刺さったように、胸の奥がちくりと痛んだ。

「――あ、やっぱり、花戸さんだっ」

と、花戸がディスプレイに視線をもどし、作成したメールを確認していると、聞き覚えのある元気な声が背中から飛んできた。

ふり返ると、懐かしい顔が満面の笑みで近づいてくる。

「牧野」

楢の事務所にいる、花戸の後輩にあたる弁護士だ。よく手伝ってもらっていた。

「おひさしぶりです！　こんなところで会えるなんて」

二十六という年齢にしては童顔で、弁護士としてはちょっとマイナスかもしれないが、その分、元気のよさと誠実さが雰囲気ににじみ出ているのはいいところなのだろう。

きっちりとしたスーツ姿で、ビジネスバッグを手にしているところを見るとちょうど仕事帰りなのだろうか。

「土曜に仕事なのか？　いそがしいな」

ちらっと微笑んでそう言ってやると、いやあ…、と頭をかいて、牧野が少し照れたように笑う。

仕事を任されている、というのは、牧野にとってもうれしいことなのだろう。花戸がいた頃は事務所の中では、まだ半見習い、というポジションだったのだ。

「依頼人の都合が週末しかとれなくて」

そんなふうに答えた牧野に、花戸は深くはつっこまなかった。

昔なら細かく助言を与えることもできただろうが、今は部外者だ。口を出していいことでもないし、牧野にも守秘義務はある。

オープンテラスのカフェで、真冬の今は扉は閉ざされているが一面ガラス張りだ。外を通りかかって、姿が見えたらしい。

「楢先生に聞きましたよー。花戸さん、今、芸能人のマネージャー、やってるんですよね。すごい転身でびっくりしましたよ」

転身、というより、世間的には転落、なのかもしれないが。

「打ち合わせは終わったのか？　……まあ、すわれよ」

興奮したようにうわずった声を上げる男に苦笑して、花戸はイスを勧めた。

「あ…、はい――ええと…、いいんですか？　仕事中じゃないんですか？」

うながされ、牧野はちょっとためらうように箕島を見る。

ああ…、と、思い出して、ちろり、と花戸はもう一人、にこにこと二人のやりとりをおもしろそうに眺めている男に視線をやる。

「かまわないよ。この人は置物だと思ってくれて」

え？　と、ちょっと牧野が驚いたような顔をし、ひどいな…、と箕島がぼやく。

それでも箕島がちょうど仕分けの終わったレシートの束をそれぞれにまとめて花戸に渡し、自分のエスプレッソをどけると、じゃあちょっとだけ失礼します、と牧野が空いている席の一つに腰を下ろした。

「……えっと、僕、あんまり芸能界にくわしくなくて。申し訳ないんですけど、ひょっとしてこちらが花戸さんがマネージャーしてる俳優さんですか？」

「違うよ」

視線で箕島を示しながら、おずおずと口を開いた牧野に、花戸は言下に否定した。

「花ちゃんが前にいた事務所の人かな？」

箕島の方は妙に機嫌よく、牧野に尋ねている。

やっぱり「花ちゃん」呼ばわりはやめる気がないらしく、花戸はモバイルを閉じながら、さらにむっつりとした顔になる。

「あ、はい。牧野と言います」

「箕島です。……ああ、こういう者です」

きっちりと頭を下げ、箕島は懐の名刺入れから名刺を一枚抜き出して、牧野に差し出した。

それに、花戸はわずかに眉をよせる。

警察関係者はそう簡単に名刺は渡さないものだと思ったが。うっかり悪用されると問題になるからだ。

……まあ、相手の身元ははっきりしている弁護士だからかまわないようなものだが、そういえば花戸自身は箕島から名刺などもらってはない。少しばかりおもしろくない感じだ。

「ご丁寧にすみません」

牧野が恐縮してそれを受けとり、肩書きを素早くチェックしたのだろう。

「警視庁の…？」

ちょっと驚いたように目の前の男を見つめ、そして何か尋ねるような視線を花戸に向けてきた。

「別に仕事のつきあいじゃないよ。プライベートな知り合いで……」

手をふって言い訳しかけ、しかしプライベート、と言ってしまうのも微妙にためらわれて口ごもった花戸に、箕島がニッと笑って口を挟む。

「仲良しなんです」

「はぁ…」

そんな表現に、牧野がなかばあっけにとられた顔でつぶやく。

無責任に言い切った箕島の足を、花戸はテーブルの下で蹴《け》り上げてから、あわててつけ足した。

「箕島さんは野田司の友達なんだよ」

「えっ、野田司…って、あの野田司ですかっ？」

声を上げたところを見ると、芸能方面にうとくても、さすがに野田の名前は知っているということだろう。

へー…、と感心したようにつぶやいてから、あわてて思い出したように、自分の名刺も箕島へ差し出す。

「いやあ…、ホントに花戸さん、芸能界で働いてるんですねえ…」

そして感心したようにため息をついた。

「なんか全然イメージじゃなかったから、びっくりしちゃいましたよ。……誰のマネージャーしてるんでしたっけ？　え、まさか野田司のですか？」

とりあえずコーヒーを注文し、出された水で喉を潤してから、牧野がいかにも興味津々に尋ねてくる。

「片山依光。野田さんは事務所が違うよ」

「あ…、なんか、聞いたことあるな」

さらりと答えた花戸に、わずかに首をひねりながらも、牧野がつぶやく。

「聞いたことがある」程度の知名度らしい依光に、花戸はちょっと苦笑した。まぁ、映画のプロモーションが本格化すれば、もう少し顔と名前も売れるのだろう。

「今度サイン、もらってくださいよー」

「野田さんの？」

知らない俳優のサインをもらっても意味がないだろうし、なかば皮肉に聞き返した花戸だったが、牧野にはまったく通じていないようだった。

「野田司のも欲しいけど、グラビアの子のキスマーク付きとかいいなぁ…」

有名人なら何でもいい、というところか。それがアイドルの女の子のならば、さらにうれしいのだろう。健全な二十代の若者のあり方だ。

「……それにしても花戸さん、ホントにこのままずっとマネージャー業を続けるつもりですか？　事務所にもどってくる気はないんですか？」

思い出したように表情をあらためたかと思うと、牧野が楢と同じことを尋ねてくる。

「楢先生ももったいないって。……あ、田方さんも心配してましたよ？　ひょっとして自分のせいでつまらない噂がたったんなら申し訳ない、って」

苦笑して聞いていた花戸だったが、何気なく牧野の口から出た名前に、ふっと身体が緊張した。

「会ったのか？　田方さんに？」

思わず固い口調で聞き返す。

「ええ。あ、今、ちょっと用があって時々、地検に行くことがあって」

牧野がわずかに言葉を濁すようにして答えた。

「K社がらみかな？」

と、それまで黙ってふたりの話を聞いていた箕島が、穏やかな笑みを浮かべたまま静かに口を開いた。

短い一言。

しかし、サクッ…、と切れ味のよいナイフのように、その言葉が深く空気に切れこんでくる。

無意識のうちに牧野と視線がからみ合った。

「確か、楢事務所が顧問をしていたと思ったが」

にこやかな表情は変わらないまま、本当に何気ない様子で箕島が続ける。

ゾクリ…、と背筋が震えた。一瞬に鳥肌が立ったような気がして、花戸は思わず息を呑んだ。

――この男は……。

やはり…、油断できない、と思う。ふだん、どれだけおちゃらけた言動をしていたとしても。

表面に見えるだけの人間ではない。だが、それがおもしろくもあるのだろう。

無邪気さと、優しさと……時折、かいま見せる冷酷さ。

箕島がおもしろいのは、それを隠してはいないことだ。少なくとも、意図的には。花戸の前で「いい人」を装うこともなく、多分、それが自然体なのだろう。てらいなく、力むこともなく、「自分」をさらしていられる自信――。

K社は企業また個人相手の清掃業務、そして外食産業や訪問介護へも手を広げている大手企業だ。その創業者でもある会長に特別背任の疑いがある、ということは、先日、楢と会った時もちらっと話に出た。まあ、おたがいの立場上、世間話程度に、だったが。

どうやら会長が、妻が社長を務めるコンサルタント会社へ資金を流している、ということのようで、そこから派生してまだまだ大きな展開になるおそれもあり、関係者の間では緊張が高まっていた。

特捜が動き始めているらしい、ということは花戸がまだ事務所に在籍していたころからささやかれていたから、ようやく水面下から実体が見え始めた、というところだろうか。

しかもこの会長の息子は現役の有力な衆議院議員で、彼自身、そのコンサルタント会社の経営顧問に名を連ねていることから、事件が表沙汰になれば大きなスキャンダルになるのは間違いない。おそらく、地検にはその議員からの圧力もあっただろう。

そのK社と、楢の事務所とは顧問契約を結んでいた。

会長個人との契約ではないのだから、事務所としては会社の利益を考えて先の動きを決める必要があり、もちろん、違法行為に荷担したり、助言したりすることはない。とはいえ、トップである会長の意向も無視できることではない。

そんなことで、かなり難しい立場ではあった。

牧野が前面に出て何かをしているわけではないのだろうが、まあ、使い走りのような形であちこち動いているのだろう。

特捜と警察とはそれぞれに独立した組織で、本来協力し合うべきだろうが、……まあ、周知のごとく、仲は悪い。

だから特捜の捜査情報が警察官である箕島のところへ流れるということは、普通ではないのだが、まあ捜査もかなり大詰めにきている、ということだろうか。

あるいは、お得意の独自ルートでもあるのかもしれないが。顔はやたらと広そうな男だ。

「え…、いや…」

牧野が頬のあたりを引きつらせ、言葉をなくしたのに、花戸は小さくため息をつく。

「箕島さん。若手をあんまりいじめないでください」

あからさまに動揺を見せるのも問題だが、牧野にとっても不意打ちのような感じだったのだろう。

いやいや…、と何でもないように笑って、箕島が手をふった。

「俺が直接関わってるわけじゃないし。それについてはね。小耳に挟んだだけだよ」

箕島は興味がないように軽く流したが……腹の中は読めない。

「……ええと、その件はともかく」

コホン、ととってつけたように咳払《せきばら》いをして、ようやく牧野が言葉を継いだ。

「その…、田方さん、ずいぶん気にしてるみたいでしたよ、花戸さんのこと」

——田方は今度のその捜査にも関わっているのだろうか……？

そんなことをぼんやりと考えていた花戸は、そう言われてやはり少し…、胸の奥が疼くのを覚える。

「なんかタイミングが悪くて、迷惑をかけたんじゃないか、って」

半年前、花戸に情報漏洩《ろうえい》の疑いがかかった時も、牧野は花戸が無関係だと主張してくれた一人だった。それを思うと、やはり申し訳ない気持ちになる。

ルートとしては、おそらく自分からだろうし、自分の管理ミスであることは間違いないのだ。

だが、だからこそ、牧野は田方の言葉もそのまま信じているのだろう。

「そうか…」

花戸は小さくつぶやいた。

——タイミングが悪くて、か…。

あるいは、本当にそうなのかもしれない。具体的な証拠があるわけではない。

ただ、田方があの日、自分の部屋に来たのを隠していたこと。カバンの中が探られていたこと。

ただの思い過ごし、で、花戸がすませられなかっただけだ。

——それでもあの人を信じていれば、何かが違っていたのだろうか……？

あるいはまた、今度の事件でも利用されたのだろうか。

事務所を辞めていてよかったな…、と、ちょっとホッとする。

癒着、というか、馴れ合いのような関係にはなりたくなかった。

「よろしく…、伝えてくれ。今の仕事も楽しくやってるから、って」

だが、もう終わったことだ。

そんな思いで静かに言った花戸に、牧野がどこか納得できない顔のまま、それでもうなずいた。

「ホント、事務所復帰も考えてくださいよ」

念を押すようにそう言うと、牧野は急いでコーヒーを飲み干し、時計を見て、せかせかと席を立った。

失礼します、とぺこり、と箕島にも頭を下げて、カフェを出る。

「若いなぁ…」

ガラス戸のむこうに去っていく背中を見送りながら、腕を組んで箕島がうなる。

「理想に燃える年頃なんですよ」

冷めた自分のコーヒーで喉の渇きを潤しながら、花戸はさらりと言った。

この男の前で田方の名前が出たことは、さすがに少し、ぎこちない空気を生み出していた。

……あるいはそれは、花戸にとってだけ、の感覚なのだろうか。

箕島は半年前の事件を知っている。——事件、と言っていいのかはわからなかったが。

田方が起訴した事件の陰にあった、もう一つの事件、だ。

「私を…、疑ってますか？」

花戸は顔を上げ、静かに聞いてみた。

「厳密に言えば、背任行為ですからね」

無意識に、ちらっと唇の端に皮肉な笑みが浮かぶ。

「まぁ…、田方検事の捜査のやり方がいくぶん強引だというのは、前から言われていたけどね…」

大きく息をつき、こめかみのあたりをかきながら箕島がつぶやくように言った。

もっともそれは、花戸の問いの答えにはなっていない。

ただ、だからもしそうだったとしても驚かない、ということで、箕島も自分から田方に情報がもれたと思っていたとしても、何の不思議もない。

いや、実際にそうなのだ。ルートとしては。

「私は田方さんに頼まれて会社のコンピューターのパスワードを渡したのかもしれない。そうでなくとも…、わざとわかりやすいところにおいていたのかもしれない。知らないフリをして」

じっと、挑むように男を見つめ、淡々と花戸は続けた。

うーん…、と低くうなり、短く息を吐き出してから、箕島がまっすぐに顔を上げた。

「もし君が意識的に彼を助けたのだとしたら、君が彼と別れる必要はないだろう？」

いつものおちゃらけた雰囲気とは違う、そう…、彼が弁護士か検事のようなはっきりとした反論だった。理論的でもある。

「そうとも言えませんよ」

しかし花戸はさらに返した。

「やってしまったあとで後悔して…、居心地が悪くなって別れたのかもしれないでしょう？　おたがい司法に関わる人間ですからね。自分のしたことの意味はわかっている」

「君はそんなに弱い人間じゃないよ」

が、さらりと箕島は答えた。

「愛情の意味をはき違えたりもしない」

まっすぐに言われ、その眼差しの強さに…、彼の自分の言葉に持つ自信に、花戸の方が思わず目を伏せた。

そう言われるのはうれしくも…、そしてどこか悲しくもあった。

そう、つまりそれは愛情よりも仕事へのプライドをとった――、という意味でもある。

愛していた……はずなのに。

なぜか負けたような気がして、花戸は言葉を続けられなかった。

と、訪れた沈黙を破るように、ふいに花戸の携帯が音を立てた。

メールの着信だった。依光からだ。

それを確認して、了解、とだけ、返事を打つ。

「依光くんを駅まで送るんだろう？　そしたらフリーかな？」

手元を片づけ始めた花戸に、察したらしく箕島が穏やかに確認する。ほとんど手つかずだったエスプレッソを一気に飲み干した。

そして、いつもみたいに意地悪く、ガキ大将みたいな得意げな眼差しで、ふっと、花戸の顔をのぞきこんできた。

「今日は優しく抱いてあげるよ」

わずかにからかうように、喉の奥で笑うように。そっと秘密をささやくようにして、箕島が言う。

――これ以上、深入りしてはいけない……。

花戸の頭の奥で、そんな警報が鳴る。

まずい…、気がした。

何が、というのではない。自分でもうまく説明がつかない。が、予感、のようなものだろうか。

近づくと危険な…、この先足を踏み出すと、ぽっかりと足下に大きな穴が空いているような、そんな気がして。

……それでも。

「夕食は寿司《すし》が食べたいですね」

それに、さりげない様子でモバイルをバッグにしまいながら花戸は返した。

OK、ということだ。

この男の腕が欲しかった。飢えているみたいに。

何も考えなくていいくらい、ただ快感に溺れたかった。

「いいね。寒ブリがうまい時季だ」

ニッ、と笑って、箕島は隣のイスにかけていた花戸のコートをとってくれた――。

◇　◇

田方から半年ぶりに連絡があったのは、それから三日後のことだった。

つきあっていた時からは、携帯の番号もメールのアドレスも変えていたので、わざわざ調べた――あるいは、聞いたのだろう。

おそらくは、牧野から、か。

しかし田方の方から連絡してくるとは思わなかったので、花戸は正直、驚いた。花戸に半年前のことを蒸し返すつもりはなかったし、田方にしても思い出したいことではないだろう。

後ろめたい思いがあるのならなおさらだ。触れないようにして、そのままなかったことにするつもりだと思っていた。

ひさしぶりに会いたいんだが、という言葉に、花戸は躊躇《ちゅうちょ》した。

――会って何を話すつもりだろう……？

今さらよりをもどせるわけではない。そうでなくとも、田方には婚約者がいるのだ。

それでも花戸が同意したのは、かすかな不安があったからだった。

この間の様子だと、牧野は田方のことを信用しているようだ。もちろん、性的な意味で田方が牧野に近づくとは思わない。牧野はまったくのストレートなはずだから。

だが、自分のことをダシにして田方が牧野に接触し、そこからK社の情報を引き出すつもりなのではないのか、と。

ちょうど半年前、自分を利用したように、今度は牧野を利用するつもりなのではないか――、と。

それが恐かった。

むろん牧野も自分の立場は十分にわかっているはずだったが、なにしろキャリアが違いすぎる。まだ若い牧野なら、どうとでも言いくるめられそうだった。

だがそのあと、牧野の未来がどうなるのか――。

彼が自己嫌悪に陥って、仕事を辞めかねないことは、花戸にも想像はたやすい。

が、田方がそこまで責任をとるはずもなかった。

自分の「正義」のために手段を選ばない。……それが頼もしく思えた時もあったが。

『今からうちに飲みに来ないか？』

そんな急な誘いだったが、迷った末、花戸はそれを受けた。

以前はよく通ったベイサイドの高級マンションへ、ひさしぶりに足を踏み入れる。

合鍵は返していたので、マンションの玄関口で一度インターフォンを鳴らし、部屋のドアの前で再び鳴らす。

「やあ」

と、くつろいだ部屋着で出迎えた男は、以前とほとんど変わりはなかった。

当然だ。別れたのはたった半年前でしかない。……ずいぶん昔のことのようにも思えるのに。

ただ、少し疲れているようにも見える。そして見慣れた笑顔が、どこかぎこちない気がした。

「おひさしぶりです」

花戸も穏やかに返した。

今度顔を合わせたら、自分にどんな感情が湧き上がるのか…、怒りか悲しみか。あるいは、未練か。

それが不安でもあったが、自分でも意外なほど、平静だった。

……もうこの人とは終わったのだ、と。

あらためてそれを実感する。

「ああ…、入って」

うながされ、お邪魔します、と花戸はコートを脱ぎながら、玄関を上がった。

馴染みのある部屋だ。懐かしいような…、しかし苦い思いがこみ上げてくる。

最後に鍵を返しに来た時と、レイアウトは何も変わっていなかった。週に三日、家政婦が入っているので、掃除や何かも行き届き、きちんと片づいている。

リビングに入ると、簡単に酒の用意がされていた。

「まあ、すわれよ」

うながされて、花戸は手にしていたコートをソファの肘掛けに預け、失礼します、と腰を下ろした。

かつては、この部屋にいておたがいにそんな言葉は必要なかった。他人行儀な空気が、今の自分たちの距離を感じさせる。

「何を飲む？」

「ああ…、私がやります」

聞かれて、花戸は手を伸ばした。

ふたりで飲む時、酒を作るのはたいてい年下である自分の役割だった。

悪いな…、と言いながらも、田方も自然に花戸に任せる。

「ソーダで割っていいですか？」

聞きながらも、すでに右手でソーダのキャップを開けていた。

テーブルに出されていたのはハイランドモルトのウィスキー。田方の好みは少し濃いめのハイボールだった。冬場なので氷は抜いて、ロンググラス半分くらいに作る。

そんな男の好みを覚えていることにも、ちょっと皮肉な思いで笑ってしまう。

「ありがとう」

片頬にどこか強張った笑みを浮かべ、田方がグラスを受けとった。

なぜか少し、緊張しているように見える。

花戸は自分にトワイス・アップで作った。ウィスキーと水が1対1。

何に、ということもなく、そもそも乾杯する理由もなく、ただ形式的にグラスを上げて、とりあえず一口、喉に通す。独特の香りが身体に沁みていく。

「ひさしぶりだな…。おまえとこうして飲むのも」

一気にグラスの半分くらいを空け、平静を装うような調子で田方が口にした。

「最近、どうだ？　……ああ、俳優のマネージャーをやってるんだって？」

本題に入る前の世間話、だろうか。作ったような笑顔で聞かれて、花戸はうなずいた。

「ええ。なかなかおもしろいですよ」

「そうか…」

穏やかに答えた花戸に、田方がいくぶん驚いたように目を瞬《しばた》く。

弁護士という成功していた仕事を辞めることになった花戸の今の生活を、どんなふうに想像していたのだろう？

「ずいぶん…、その、違うんだろう？　前の仕事とは」

視線が落ち着かないのは、負い目があるからだろうか。

この男にとっては、今の花戸は人生の落伍者《らくごしゃ》のように見えるのかもしれない。

それに、責任でも感じているのだろうか…。この男でも。

「古くからの友人のマネージャーですし、事務所に入っているわけでもないので気は楽ですよ。好きにやらせてもらってます」

そんな花戸の答えに、そうか…、と田方が何度かうなずく。

かつて……ほんの半年前まで好きだった男――。

花戸は無意識に、確かめるようにじっと、目の前の男を眺めてしまった。

――こんな男だっただろうか……?

風貌《ふうぼう》の何が変わったということもない。が、雰囲気、だろうか。こうして向かい合った印象が別人のような気がした。

快活に笑い、精力的で、もっと自信と自負に溢れた男だと思っていた。

それが今はどこか卑屈に、何かに怯《おび》えているようにも見える。

……あるいはそれは、自分の気持ちの変化なのかもしれないが。

半年前、この男に裏切られた時の自分は、失望、というよりも、ただ呆然としていた。そのあとににじみ出るような怒り、が全身を支配した。

だがそれはこの男に対する、というよりも、自分のバカさかげんに、というところだったかもしれない。

今はもう少し落ち着いて、冷静にふり返ることができるようになっていた。もちろん、あの時、この男のとった行動を納得できるわけではなかったが。

……そう。自分にもケジメをつけるべきだったのだろう。

あの時、花戸は目の前の現実から逃げただけだった。自分を被害者にするだけで。

本当はしっかりとこの男と――事実と向き合うべきだったのだろう。

『君はそんなに弱い人間じゃないよ。愛情の意味をはき違えたりもしない』

ふいに、箕島に言われた言葉を思い出す。

だが自分は弱かったのだ……。

迷っていた自分の弱さを、あらためて感じる。

そして今、それを冷静に思い返せる自分は、少し、強くなったのかもしれない。

……多分、箕島のおかげで。

今になって、何のつもりで田方が自分を呼んだのかはわからなかったが、自分にとってもいい機会だと思う。

「そういえば、ご婚約されたんですね。生稲検事長のお嬢さんとか。おめでとうございます」

「あぁ…、いや、それは……」

ふと思い出して口にした花戸に、いくぶんあわてたように田方が口の中で言葉を濁す。

昔の男の前では、さすがに体裁が悪かったのか…、あるいは皮肉にでも聞こえたのだろうか。

しかし以前の田方は、こんなふうにうろたえたり、ヘタにとりつくろうような男ではなかったはずなのに。

皮肉に聞こえたとしたら、田方に弱みがあるからだ。

弱みだと、自分で思っているからだ。

……それが悲しかった。

花戸にしてみれば、自分の経験した過去の一つであり、教訓であり、よくも悪くも思い出――と呼べるものだ。それだけのことだったのに。

「しかし…、よく知ってるな」

どこかうかがうように、田方が花戸を眺めてくる。

「事務所を辞めても情報は入りますよ。楢先生とも時々、お会いしてますし」

花戸は穏やかに微笑んで言った。

「ああ…、あなたが特捜入りされたこともうかがいました。夢が叶《かな》ったわけですね」

「まあね…」

それにつぶやくように答え、田方は一気に残りの酒をあおる。

どうでもよさげな、あまり喜んでいるようでもないその様子に、花戸はとまどい…、というか、違和感を覚えた。

出会った頃、田方は目を輝かせるようにして特捜部へ入る夢を語っていた。夢、というより、その頃すでに、彼にとっては実現可能な目標だったが。

だからこそ、貪欲《どんよく》に追い求めていた。

そして希望通り、大きな階段を一つ、着実に昇ったのだ。もっと感動があってもよさそうな気がするのに。

もっとも、それが最終地点ではないのだから、まだまだこれから、という思いがあるのかもしれない。

「それで…、今日はどういうご用ですか？」

空いたグラスを受けとり、二杯目を作ってから、花戸は慎重に切り出した。

「いや…、特に用ということじゃないよ。牧野くんに会ってね。君の話が出たものだから、ひさしぶりに顔が見たいと思っただけで」

何気ないように笑って答えながらも、田方の眼差しは油断なく花戸の様子をうかがっている。……ようにも思える。

こうして酒を酌み交わしながら、おたがいの欲望と限界、落としどころを推し量るような、会話での駆け引きは何度もした。

だが、こんなふうな腹の探り合いは初めてだった。

花戸にしても、田方の狙いがわからないと話の持っていきようがない。

「そういえば今は…、K社の会長の件に関わっていらっしゃるんですか？」

「――えっ？」

花戸にとってみれば、本当に世間話程度の、何気ない話題のつもりだったが、一瞬に顔色を変えた田方の驚きの方に、花戸は驚く。

「強制捜査も近いんじゃないかという噂ですが。マスコミがまた騒ぎますね」

不審な思いに内心で首をひねりながら、気がつかないふりで花戸は言葉を継ぐ。

「あ、ああ…、そうだよ」

喉に引っかかるような調子で、ようやく田方が言葉を押し出した。無理矢理《むりやり》に作った笑顔が引きつっている。

「田方さんには特捜での最初の仕事ですか…。お手並み拝見というところで、まわりの目も厳しそうですね。まあ、田方さんならいろんな切り口をお持ちでしょうが」

さりげない調子で、花戸は続けた。

行きづまった時でも、どんな小さな隙間からでも、糸をたぐりよせてくる。目のつりどころが秀逸で、的確に、畳みかけるような強気なアプローチが田方の持ち味だった。それが高く評価されてもいた。

花戸はグラスを持ち上げ、クッ…、と一口、アルコールを喉に落としてから言った。

「……ただ、牧野や楢先生を巻きこむのはやめてください」

ハッ…、としたように、田方が顔を上げる。

花戸は男をまっすぐに見つめ返した。

釘を刺す意味でも、警告でもあった。

今度、同じようなことをしたら、その時は黙っているつもりはない――、と。

「花戸…」

ゴクリ…、と唾を飲みこみ、ようやく田方が口を開く。

花戸はふっと、身構えた。

何を言いたいのだろう、と思う。あの時の言い訳か、詫びか。それとも……？

K社には、かつて花戸も出入りしていた。つまり、また何か情報が欲しいのか。

しかし田方の口から出たのは、花戸の思ってもみない名前だった。

「おまえは最近…、その、箕島とかいう警視庁の人間とよく会っていると聞いたが」

「え…？」

思わず大きく目を見開く。

意味がわからなかった。

「箕島さんが……どうかしましたか？」

今さら、花戸が別の男とつきあっているということに嫉妬《しっと》しているわけでもないだろう。それとも、他に男ができたと思うと、急に惜しくなった、ということなのだろうか？

だが花戸も、そこまでうぬぼれてはいなかった。

「箕島が今のおまえの男なのか？」

低く、押し殺した声が尋ねてくる。

暗く澱《よど》んだ眼差し――。

ゾク…、と背筋が震えた。

「だったら…、どうなんです？」

それでもかすれた声で、しかしはっきりと花戸は返した。

意地、なのか、プライドだったのか。

それは、田方に未練など残してなどいない、という証明のつもりであり、田方が箕島の名前を出した意図を探るつもりでもあった。

が、次の瞬間、田方の形相が変わった。

ガン…！　と、手にしていたグラスをテーブルにたたきつけるようにしておき、身を乗り出すようにして、花戸の胸倉に手を伸ばしてきた。

「やっぱりおまえ…、おまえが箕島にあのことを吹きこんだんだな…!?」

唾が飛んでくるほど間近で、その顔が醜くゆがむ。

花戸は反射的に身を引くようにしてそれをかわした。

胸の奥で、ドク…、と心臓が大きく打つ。

――ここが勝負所だと思う。

「あのこと、というのは？」

無意識に乾いた唇をなめ、あえてしらばっくれるような口調で花戸は聞き返した。

「とぼけるな…！」

大きく吠《ほ》えた田方の荒い息遣いが、軋《きし》むように耳に届く。

「あなたが私の携帯からパスワードを盗んだこと、ですか？」

感情的な田方の口調を押さえこむように、あえて淡々と花戸は言った。

「盗んだだと…!?」

怒りなのか、顔を紅潮させて大きく叫び、それでもようやく自分の言動に気をつけなければ、ということを思い出したのだろう。

田方はなんとか気を落ち着けると、どさっ…とソファへ身体を投げ出すようにしてすわり直す。

その様子を目で追いながら、花戸は静かに口を開いた。

「あの時のことは…、結局は水掛け論になる。あなたが勝手にとったのか、私が自分の意思で見せたのか。どちらにしても証明できるものはないんですから」

だから、告発もしなかった。

……いや、できなかった、のだろう。物理的にも、感情的にも。

「だが……おまえは知っている」

息を殺すようにして、かすれた声で田方が言った。

それに花戸はまっすぐに返す。

「ええ…、知っています」

その、事実を。

何が事実かということを。

田方が大きく息を吸いこんだ。そして、それを一気に吐き出すようにして叫んだ。

「あの事件で、実際に汚職はあった。結果は間違っていなかった。正しく罪を問われたんだ！　何も間違っていないっ！」

拳を固め、無意識にか、テーブルにたたきつける。

田方のロンググラスが倒れ、琥珀色《こはくいろ》の液体がサッ…とテーブルに広がった。

確かに、そうなのだろう。

だが。

「だからといって、やり方が正当化されるわけではありません」

「おまえならわかってくれると思っていたっ！」

ふり絞るような、なかば泣いているような声だった。その「正義」に、必死にすがろうとするみたいに。

以前の田方は、これほど感情を剝《む》き出しにすることはなかった。

まるで、何かに怯えるみたいに。何かに追いつめられているようにも見える。

――いったい……この半年で田方に何があったんだろう……？

罪の意識、ということだろうか？

肩を震わせ、荒い息を吐いていた男が、ふっと顔を上げた。

「おまえ、あの男に…、箕島に何を頼まれた？」

じっと、暗い目で花戸をにらむように見つめ、低く尋ねてくる。

「今日来たのだって、あいつに頼まれたからなんだろう？」

言っていることはまったくの妄想だったが、さすがに花戸もそのことを確認した。

「田方さん、あなたは箕島さんを知ってるんですか？」

「目障りなんだよ！　あの男はっ！」

それに田方が吐き捨てるようにわめいた。

「キャリアだかなんだか知らないが、俺のまわりをしつこく嗅《か》ぎまわって！」

——箕島が……？

花戸は混乱した。

箕島が、田方のまわりを調べていた？　自分との関係を、だろうか？

だがそれは、花戸自身、すでに認めていることでもある。それ以上、何を調べようというのか…？

「おまえ、俺のことをあれこれあの男に教えてやったんだろう？　ベッドの中のことまでしゃべったのかっ？」

唇をゆがめ、どこか自嘲するような、投げやりな調子で叫ぶ田方に、ようやくおかしい…、と、花戸も感じた。

情緒不安定な様子だった。それが花戸に得体の知れない不安を与えてくる。

こんな言葉を口にするような男ではなかったはずだ。

「待ってください。半年前のことは、事務所でも噂になっていた。私が言わなくても、箕島さんは知ってましたよ」

花戸はゆっくりと、説明するように言ったが、すでに田方の耳にその言葉はまともに入っていないようだった。

「だいたいおまえとの関係だって、婚約した俺にはゆすりのいいネタなんだろうしなっ！　事務所を辞めさせられた復讐《ふくしゅう》には絶好のチャンスだと思ったんだろう!?　だから…、おまえ、俺に箕島をたきつけたのかっ!?」

「田方さん！」

吐き出されたそんな言葉に、思わず花戸は声を上げた。

そんなことは……考えたこともなかった。

「あの時……、おまえが誘うから…っ！」

両手で頭を抱えこむようにして、田方が顔を伏せる。獣のようなうめき声が空気を震わせた。

「おまえのせいで俺の人生の歯車が狂ったんだよ！」

「……っ」

男の身勝手な、理不尽な言葉だとわかっていても、頭で理解していても、冷酷に放たれたその言葉は胸に深く突き刺さる。

息を呑み、花戸は無意識に胸のあたりを指でつかんだ。

胃の中がかきまわされ、吐きそうに気持ちが悪い。急激に体温が下がり、目の前が一瞬、暗くなる。

誘った……つもりなどなかった。

関係を始める時、花戸の方がより慎重だったし、この男が選択したはずだった。

そう言い返すことはたやすかったが、意味のないことなのだろう。もはやこの男の耳に届くことではない。

今までで最悪の……終わり方だった。

しかも、二度、だ。

こんな言葉を聞くためにわざわざ来たのか…、と思うと、笑うしかない気がした。

それでも、この様子ならば田方が牧野を使って情報を得るようなことはないだろう。

……そう。田方が自分に対して負い目と弱みを持っているのなら——自分の言葉は十分な脅しになるのだ。

脅しに来たつもりはなかったが、皮肉なものだ。

花戸はきつく目を閉じて心を落ち着け、しばらく息を整える。

それから強張った腕でコートを手元に引きよせると、震える足に力を入れて、ようやく立ち上がった。

失礼します、と感情のない声でそれだけを口にすると、そっとリビングを出た。

……それにしても、箕島は何を……？

あの男が田方をこれほど追いこんだということなのだろうか？　だが、いったいなぜ？

多少うしろめたい気持ちは持っていたとしても、半年前のことだけで、田方がこれほど追いつめられるとは思えない。

だが箕島は、何か田方のことを探っていた、ということだ。少なくとも、試写会で花戸に再会する前から。

――あるいは花戸と再会したことさえ……？　いや、そもそも花戸とバーで偶然出会ったこと自体、計画、だったのか？

ドク…、と、痛いほど心臓が大きく打つ。

胸の奥からじわり…、と何か黒いものが全身に広がっていくのを感じた。

花戸は無意識に唇を嚙んだ。

箕島とはきっちり話さなければ…、と思う。

と、花戸が重い足を引きずるように廊下へ出て、玄関へ向かおうとした時だった。

ふっと気配を感じて、何気なくふり返る。

瞬間、息を吞み、大きく目を見開いた。

「田方さん…！」

そこには、抜き身のナイフを腰のあたりで握りしめた田方が立っていた。

青白い顔で、どこか虚《うつ》ろな眼差しで。

じりじりと近づいてくる。

一瞬、金縛りにあったように身体が動かなくなった。あえぐように唇を動かして、しかし声も出ない。

しばらく自分の呼吸だけが耳につき、それでもようやく言葉を押し出した。

「私を殺して…、どうするつもりです……?」

田方から視線をそらせず、瞬きもできないまま、花戸はゆっくりと言った。

「私がいなくなれば、あなたの人生はうまくいくんですか……?」

そんな花戸の言葉に、田方がふと、足を止める。片頰にいびつな笑みを浮かべ、うわごとのようにつぶやいた。

「ああ…、そうだ。何もかも、もと通りにうまくいく……」

そんなはずはない。さらに破滅へと向かうだけだ。そんなことは田方にもわかっているはずなのに。

これまで何人もの犯罪者と向き合ってきたのだ。その中には殺人犯もいたはずだ。

「死体をどうするつもりです？　殺人がどれだけリスクに合わない犯罪か、あなたが一番よく知っているんじゃないんですか？」

理性をとりもどさせるように、花戸はあえて現実的な言葉を連ねた。

「死体を始末してくれる連中なんか、いくらでもいるさ……。今の俺にはそういう知り合いも多いからな」

どこか自嘲ぎみに、田方が言った。

その言葉に、花戸はわずかに眉をよせる。

……どういうことだ？

しかしこの状況で、それを深く考える余裕はなかった。

「あなたの人生にとって、私が唯一の汚点だということですか…？」

そっと息を吸いこみ、花戸は震えそうになる声を抑えて尋ねた。

自分で言った言葉に、えぐられるように心臓が痛む。

やめてくれ…！　と自分に叫び出しそうだった。

ふっと、田方の表情が止まる。

苦しそうな、悲しそうな、憤ったような……なんとも言えない目で花戸を見る。

そしてすべてをふり払うように首をふると、おぉぉぉぉ…！　と、低い咆哮《ほうこう》のような声を上げ、一気に向かってくる。

凍りついたように、花戸は動けなかった。

――その時だった。

「花戸！」

聞き覚えのある声と同時に、バン…！　と背後の玄関の扉が大きく音を立てて開く。

そして、なだれこむように何人もの男が飛びこんできた。

「田方…！」

「やめろっ！　そこまでだっ！」

ぴしゃり、と厳しい声が空気を打つ。

乱れた靴音が響き、なかば花戸を突き飛ばすようにして、スーツ姿の男がふたり、土足のまま上がりこんでくる。両脇からぶつかるようにして、田方を床へ押さえこんだ。

その手からナイフがすべり落ちるのが、スローモーションのように花戸の目に映る。

すべては一瞬だった。何が起こったのかも、すぐには理解できないくらいだった。

「花戸っ！　おい、大丈夫かっ？」

壁に押しつけられるように身体を預けていた花戸は、腕を引かれ、揺さぶられるようにして、ようやく我に返る。

「あ……」

目の前にいたのは、箕島だった。

「箕島…さん……？」

どうしてこの男がここにいるのかもわからず、混乱したまま呆然とつぶやく。

それでも箕島の顔に、ホッ…、と全身から力が抜けるのを感じた。ようやく大きく息を吐く。

「確保しました！」

と、奥から聞こえてきたハリのある声に、ハッと花戸は向き直った。

若い男に後ろ手に押さえこまれ、田方に手錠がかけられるところだった。

田方の方も、何が起こったのかとっさには理解できなかったのだろう、呆然とした眼差しだったが、
それでも花戸と目が合って、その表情が険しくなる。

「花戸…、おまえ…、俺を罠《わな》にはめたのか…!?」

「田方さん…」

無意識につぶやいて、花戸は首をふる。

それは違う。だが、すでに言い訳をする意味もないように思えた。

そしてようやく状況が呑みこめたのか、田方はあせったようにまわりの男をにらみつけて声を荒らげる。

「離せっ！　警察が…っ、俺を逮捕できるはずはない…！」

「できるに決まってるだろ。なんだと思ってるんだ？　殺人未遂の現行犯だぞ」

横で、やれやれ…、というように、二十歳なかばの若い男がため息をついた。すっ、としゃがみこみ、床に落ちていたナイフを手袋をはめた手で摘み上げる。

「は…花戸が…っ、花戸が俺を訴えるはずはない！」

悲鳴のような叫びに、箕島がゆっくりと向き直り、淡々と指摘した。

「殺人は親告罪じゃありませんよ、検事」

わかりきっていることのはずだった。

あえぐように大きく大きく呼吸をくり返し、田方が唇を震わせる。

すがるような眼差しが花戸を見る。

花戸は、今度は目をそらさなかった。

――半年前のように、見て見ないふりをするのではなく。

「残念です…」

ただ小さく花戸はつぶやいた。

殺されかけたことが、ではない。

この男が……こんなふうに変わってしまったことが。

箕島の合図で田方が部屋から連れ出され、入れ替わりのようにどやどやと私服の刑事たち――だろう、が入ってくる。現場検証というよりは家宅捜索といった感じで、手際よくあちこちの部屋に散っていく。

ようやく、自分が殺されかけたのだ…、と実感が湧いてきて、ぶるっと身震いした花戸は後ろの壁にどさりともたれかかった。

「大丈夫か?」

そっと腕をとられ、心配そうに箕島がのぞきこんでくる。

その顔をじっと見つめ返し、花戸はその手をわずかに押しもどした。

「どういうことですか？」

瞬きもせずに男を見つめ、花戸は低く、感情のない声で尋ねた。

疑問と疑惑、そして怒りが、じわじわと身体の奥からにじみ出してくる。

あのタイミングで飛びこんできたというのは、とても偶然ではあり得ない。花戸がこの部屋に来たことだって…、花戸をつけていたか、田方を見張っていたかしなければわからないことだ。

ふぅ…、と箕島が大きく肩で息をついた。

そしてようやく口を開く。

「田方検事はしばらく前から捜査対象にあがっていた。収賄と捜査情報の漏洩。買春。もともとが暴力団がらみだったんで、うちと二課との合同捜査になったんだが」

「まさか…」

思ってもいなかった言葉に、知らず言葉がこぼれる。

「どうして田方さんがそんな……」

それほど金に執着があったとは思えない。自分の仕事に誇りを持ち、意欲もあった。念願だった特捜部に入り、将来的にも順風満帆なはずで、社会的な立場を危うくしてまで、そんなことをする理由がわからない。

「うん…」

いったん視線を落とし、少し言い淀んでから、箕島は続けた。

「半年前の…、例の背任事件の時も、実は検事については調べてたんだけどね。まあ、いろいろと捜査方法が強引だったから。ただ立件できるとは思ってなかった。だがそのあと、検事は君と別れてから……君が荒れていたように、検事もちょっと品行がよくなくてね」

遠まわしな言い方だった。花戸はわずかに眉をよせる。

ちらっと花戸の表情を確かめるようにしてから、箕島は続けた。

「検事にしてみれば、ほんのちょっと、ずるしただけのつもりだったのかもしれない。それで君が離れていくとは思っていなかったんだろう。……あるいは、君と別れたとしても、それほど自分に影響があるとは思っていなかったのかもな……」

ますます意味がわからない。

「どういう…?」

焦れるように口を挟んだ花戸の顔をじっと見て、箕島は言った。

「買春、してたんだよ。男をね」

声もなく、花戸はただ大きく目を見開いた。

「君が忘れられなかったのかもしれない。だが君みたいに、検事は同性を誘うのに慣れてなかったんだろうな」

……そう。同性相手は花戸が初めてだったはずだから。

「君の場合は民間人だが、彼は公人だ。しかも検事という立場の人間だ。……それに引っかけた相手が悪かった。組の幹部の愛人でね。まあ、気持ちが不安定なところにつけこまれて、初めからターゲットにされたんだろう。美人局《つつもたせ》みたいなモンだな…。また古風な手に引っかかったものだが」

箕島は軽い調子で言ったが、とても笑うどころではない。

「脅されて、検事は捜査情報を流すようになった。特捜や警察の捜査が入るとその会社の株価は下がるだろ？ それで早めに売り抜けられる。儲《もう》けにはならないが、損をしないように、ってことだな…。今の企業ヤクザは株にも手を出してる。自分のとこのフロント企業がそこの株を持ってなくても、その『情報』を同業他社に売って儲けることもできる。そして、検事は彼らから金を受けとった。……むしろ、受けとらされたんだろう。それで『脅迫』じゃなくて『共犯』になる。検事はますます身動きがとれなくなったんだろうな。今度のK社の特別背任についても、かなり早い段階から情報がもれていたよ」

思わず目を閉じて、花戸は震えるように息を吐き出した。

「私のせいですね…」

つぶやくような声が唇からこぼれ落ちる。締めつけられるように胸が痛かった。

「君のせいじゃないよ」

優しい箕島の声は、しかし慰めにはならなかった。

あの時――。半年前のあの時に。

はっきりと田方の罪を告発するべきだった。公にでなくとも、少なくとも田方本人に、花戸の口から糾弾するべきだった。

そうしていれば……あの時、田方は検事を辞めることになったとしても、今のような最悪の状況にはなっていなかっただろう。

「悪かった。俺が君に近づいていることで何かリアクションがあるかとは思ったが…、いきなりこう出るとは思わなかったよ」

頭をかきながら、めずらしく反省したように箕島が言った。

その言葉に、花戸はそっと目を開けて男を見た。

心の中に、何か硬く冷たいものが沈んでいくようだった。

田方の手にナイフを見た時よりも、遥かに身体の芯から冷えてくる。

「つまり、あなたも私を利用したんですね…？」

すべり出した自分の声が遠くに聞こえた。

初めから、田方の情報を得るために。あるいは、田方に揺さぶりをかけるために自分に近づいてきたのだ――。

なるほど、牧野にも自分の名刺を渡したわけだ。確実に自分の名前が田方に伝わるように。

「どこからが仕掛けだったんですか？」

冷ややかな眼差しで、冷静に花戸は尋ねた。

そう、もしかしなくとも、半年前に出会った時からすでに。

無邪気な仮面の下の――冷酷な顔。

「利用できるものは利用するって。言っただろう？」

あっさりと、肩をすくめて箕島は言い放った。

「そのために私と寝たんですか？　毎晩相手を変えて、どんな病気を持ってるともわからない男と？

最近の警察は身体を張って捜査をするんですね」

思わず自虐的に吐き出した花戸に、ふっと箕島の表情が険しくなる。

「つまらないことを考えるのはやめたまえ」

いつになくぴしゃりと言われて、花戸は一瞬、ひるんだ。

箕島が両腕で花戸を囲うようにして身体を近づけてくる。

吐息が触れるくらい顔をよせ、耳元で静かに男は言った。

「俺は君が好きだよ。愛している。確かに捜査がらみでしばらく君のことは見ていたし…、でも近づいたのはあれ以上、目の前で他の男を誘う姿を見たくなかったからだ。……まあ、利用したことはあやまらないけどね」

そんな言葉に花戸はクッ…、と唇を噛む。

胸の奥がざわめく。何かが喉元までせり上がって、息苦しくなる。

信じて……いいのだろうか……？　そんな言葉を。

「立ってる者なら恋人でも使います。でも利用するために恋人になるわけじゃない。融通を利かせてるだけ」

……自分勝手な言い分だと思うのに。

「俺は、君に利用されるのはぜんぜんかまわないと思ってるけどね?」

そしてふっと、いつもの軽い口調で箕島がつけ足した。

「信じられませんね…」

まっすぐに見つめてくる男から視線をそらし、花戸はうめくように言った。

「だったら、ここで君にキスして証明しようか? 俺の部下たちの前で。なんなら押し倒してセックスしてもかまわないけど?」

「何を…っ」

うろたえて思わず声を上げたが、そのまま言葉だけでなく体重をかけられ、押しのけようとした手首がつかまれて。壁に身体を押さえこまれる。

顎がつかまれ、強引に唇が重ねられて。

「――ん…っ、ふ……」

舌がねじこまれ、からめられて、きつく吸い上げられた。

頭の芯が痺れ、意識が白く濁っていく。

無意識に腕が伸び、花戸は強く男の肩を引きよせていた。

そのまま何度も何度も…、角度を変えて唇が奪われ、舌が味わわれる。

「箕島さーん、ちょっと……――うわっ…！　す、すいませんっ！」

どれだけ…、何度キスをくり返した頃か、いきなり若い男の声が耳に弾ける。

「……ん？　犠牲者が一人出たみたいだな」

ようやく唇を離すと、部下があわてて頭を引っこめたリビングの方にちらっと目をやり、箕島がにやりと笑う。

「出世できませんよ…」

なかばあきれつつ、さすがに顔が熱くなるのを覚えながら、花戸はため息をついた。

「別にいいけど。でも不倫とか、ストーカーとか、未成年相手に猥褻《わいせつ》行為とか…、最近はお役所も乱れてるからね。ゲイなくらいは罪がないと思うよ？」

意に介したふうもなく、箕島は飄々《ひょうひょう》と言ってのける。

そして、指先でそっと花戸の頬を撫でた。

「君の部屋へ帰ってるんだ。あとで俺も行くから」

めずらしい…、もしかすると初めて、命令口調で言われる。

ええ…、と花戸は素直にうなずいた。少し落ち着いて一人になりたい気がした。

あまりにも急激にいろんなことが目の前で起こって、さすがに何も考えたくないくらいに疲れている。

「いい子だ」

子供みたいになだめられ、髪を撫でられた。

「大丈夫。俺は警察庁長官の娘に惚れられても結婚したりしないからね」

そしてそっと、耳元で落とされた言葉に、思わず喉の奥で笑ってしまう。

「そんな心配はしてませんよ」

そもそも惚れられる心配を、だ。

「……ああ、でも事情聴取があるんじゃないですか？　私にも」

「まあね…。でも今すぐじゃなくていい」

思い出して尋ねた花戸に、あっさりと箕島は答えた。

「運転できる？　誰かに送らせようか？」

「大丈夫ですよ」

「いや、そうした方がいい。おまえの車は俺が乗っていくから。——おい、友永《ともなが》！」

その声に呼ばれて、さっきの男がおそるおそる、リビングから顔をのぞかせる。

「……何か？」

視線は落ち着かないままに男が尋ねてきた。

「花戸を家まで送ってやってくれ」

「あ…、わかりました」

うなずいて、どうぞ、とぺこん、と花戸に頭を一つ下げると、先に立って玄関を抜けていく。

こんなふうに箕島が部下に指示する姿を初めて見た。こうして見ると、それなりに地位にふさわしく思えるのが不思議だ。

いつの間にかマンションの外にはパトカーが何台もつめかけ、近所の人間も何事かと遠巻きにしている。

「すぐに行くから」

いつの間にか花戸が床に落としていたコートを拾い上げ、手渡しながら箕島が言う。

「ええ」

微笑んで、花戸は小さくうなずいた。

◇　◇

箕島が花戸の部屋を訪ねてきたのは、それから二時間近くもたった頃だった。

住所は知っていたのだろうが、初めて入る部屋に、箕島はものめずらしげにあたりを見まわす。

「田方さんはどんな様子ですか？」

ようやくリビングのソファに落ち着いた箕島に、花戸は尋ねた。

田上の事情聴取は、すぐに始められていたはずだ。

「うん。だいぶん落ち着いてたよ。憑《つ》きものが落ちたみたいだったな。君に……すまなかったと」

「そうですか…」

その言葉に、花戸は少し安心する。

理性をとりもどすことができれば、この先、自分がどうするべきかもわかるはずだ。

弁護士が必要になるだろうから、楢にあとで連絡しておこう、と思う。

「ホッとしたって。終わってホッとしたと言っていた。相当なプレッシャーだったんだろうな…」

それに花戸もうなずいた。

暴力団からの、ということもあったのだろうが、何よりも自分が犯罪に手を染めてしまったという事実が、だろう。

頭のいい男だったから、自分がどんどん悪い方向に転がり落ちているのがわかっていて、もがいて――だがどうしようもなくて。どうにもならないことが、何よりも苦痛だったのかもしれない。

明日のメディアは大騒ぎだろう、と思う。

現職の検事が殺人未遂だ。……いや、実際に殺人未遂の容疑を適用するかどうかはわからないが。

箕島が言ったように殺人は親告罪ではないが、実際問題として、当の花戸次第でもあるのだろう。

ふたりの間だけのことなのだ。おたがいにわかった上での冗談だったのだ、とすませることも可能だった。

司法の信用の失墜。社会への影響も大きすぎる。

なにより、花戸自身、自分の名前がメディアにとり沙汰されるのは避けたかった。

それも司法取引というのか、単なる裏取引なのか、箕島にしても、田方が他の、情報漏洩などの容疑を素直に認めるのなら、ということは考えているだろう。

「検事は本当に君のことが好きだったんだと思うよ。だから君を裏切った自分が許せなくて、自分で追いつめたんだろうな…」

耳に、心の中に優しく、箕島の言葉が落ちていく。

——と、ふと花戸は思い出した。

「それにしても、ずいぶん飛びこんでくるタイミングがよかったですね?」

疑り深い目で、ちらっと男を眺める。

帰りの車の中でも考えていて、送ってくれた友永という刑事にも尋ねてみたが、箕島さんに聞いてください、と、ひどく言いづらそうに逃げられたのだ。

「ああ…、それね…」

ちょっと視線をあさっての方に向けて、いかにもたいしたことはなさそうな調子で箕島が言った。

そしてふいにきょろきょろとあたりを見まわすと、何を思ったか立ち上がり、リビングの奥のドアを勝手に開ける。寝室だ。

怪訝に花戸もあとについていくと、箕島は花戸が脱ぎっぱなしでベッドへ投げていたコートを持ち上げていた。

何だ…？　と思っていると、その裾の方から小さなピンのついたボタン電池のようなものを外してみせる。

「回収、回収」

口の中でつぶやきながら、ポケットから出した小さなプラスチックケースへそれをしまいこんだ。

「……発信器ですか？　まさか盗聴器？」

目をすがめ、怒りよりなかばあっけにとられて、花戸は尋ねる。

箕島はすっとぼけたままそれには答えなかったが、それが答えなのだろう。

「プライバシーの侵害ですよ。明らかな違法捜査だ」

むっつりと腕を組んで、花戸は糾弾した。

「訴えられたら勝ち目はないな…」

顎を撫でて、箕島が苦笑する。

「いつからです？」

「三日前。あの、牧野くんに会った日だよ。ずっと持っててタイミングを計ってたんだけどね」

なるほど。そういえばあの時、箕島がこのコートを手渡してくれた。

田方の話が出たことで、牧野から自分の話が伝わるだろう、と踏んで仕掛けておいたわけだ。

「つまり、私の行動をずっと盗み聞きしていたということですね？　一日中。仕事先や…、家へ帰ってからも？」

仕事関係は…、聞かれたとしてもスケジュールや番組の段取りなど、まあ依光クラスならたいしたことはないと思うが、やはり自分一人で油断している時の独り言などを聞かれていたら恥ずかしい。

「いや、それはないって。ほら、コートなんて帰ったらクローゼットの中だろ？　花ちゃんがベッドで俺の名前を呼びながら一人でしてたとしても、ぜんぜん聞こえてないし」

「してるわけないでしょうっ！」

勝手な妄想を膨らませる男に、カッ…、と頬が熱くなる気がして花戸は声を上げた。

「ほんとにぃ？」

いかにも疑り深い目で花戸を眺め、しかしあっさりと箕島は肩をすくめた。

「……ま、そうだよな。俺、ちゃんと満足させてるもん」

「前向きですね」

ほとほとあきれて、花戸は嫌味に言った。

「うん」

しかしこの男には通じないらしく——いや、わかっていて跳ね返してるのか、ただにこにことうなずく。

「じゃ、リクエストにお応《こた》えして」

そして勝手なことを言いながら、いそいそと上着を脱ぎ始めた。

「誰もしてませんけど？」

平然と返しながら、しかしドクッ…、と身体の奥で血が騒ぎ出すのがわかる。体温が少し上がった気がした。

にやり、と唇だけで箕島が笑う。

花戸の考えていることなど、すべてわかっているみたいな顔で。

「それじゃ、俺がリクエストするよ」

タイを緩めながら近づいてきて、するり…、と上着の下に手のひらをすべりこませ、シャツの上から花戸の脇腹を撫でてくる。

そのまま背中にまわった腕が、そっと花戸の身体を抱きよせる。

「今、すごく…、君が欲しい」

こめかみに唇で触れ、耳の中を舌先でかきまわして。

かすれた声が、甘い言葉を落とす。

花戸は無意識に目を閉じて、深く息を吐いた。

返事も待たず、男の手は花戸のベルトを外し、ファスナーを引き下げ、中へ手を入れてくる。

「いいんですか……？　事件関係者と、こんな……」

力の抜けそうな身体を後ろの壁に預け、花戸はようやく職業倫理を盾にわずかな抵抗を見せる。

「事件関係者とこうなったわけじゃない。こういう相手が事件関係者になったんだから、仕方がないさ」

が、箕島はあっさりと論破した。……詭弁《きべん》のような気もするが。

「それとも…、我慢できるの？　全部片がつくまで。……ココを可愛がられるのは」

からかうように言いながら、男の指が花戸の中心を下着の上から強く握る。

「――ん…っ…、ふ……」

花戸は思わず息をつめた。

下着越しに巧みにもまれ、こすり上げられて、こらえきれずに腰が揺れてしまう。

「カワイイね…」

吐息だけで男が笑った。

「あ…っ……」

羞恥《しゅうち》に思わず唇を噛んだが、舌先ですっ…、と首筋をなめ上げられ、さらにうわずった声が口をつく。節操もなくにじみ出したものが下着を湿らせ、さらに集中的に男の指に攻められた。

「箕島さん…！」

たまらず声を上げ、花戸は夢中で男の手を止めようと、その手首をつかむ。

「しなくていいの…？」

とろりと甘く、毒のような声が、全身にまわっていく。

どうしようもなく花戸は男の手を離し、その強張った指が箕島のもう片方の手にからめられる。

下肢をなぶっていた男の手は下着の中へと入りこみ、すでに形を変えているモノを直《じか》に握りしめた。

「ん…っ、……あっ…、あぁ……っ」

根本からくびれまで丹念にこすり上げられ、蜜を滴らせる先端が指の腹にもまれて、たまらず花戸は腰をくねらせる。

片方の手はつないだまま、箕島は床にひざまずいた。

「あ……」

恥ずかしい自分のモノが目の前にさらされ、男の口にくわえられるのを正視できず、花戸はきつく目を閉じる。男の舌が中心にからみつき、執拗に愛撫された。

「あぁ……」

口の中で何度もしゃぶり上げられ、淫らに濡れた音が耳に弾けて、いたたまれない気持ちになる。

それでも溶けるような快感が全身に広がり、無意識のうちに片手が男の髪をつかんだ。

貪欲に快感を求め、さらに強く引きよせて。あられもなく腰をふり乱して。

「あ……あぁ…っ、――もう……っ…!」

指先でもてあそぶように根本の双球がもまれ、先端が吸い上げられると、こらえきれずに花戸は男の口の中に放っていた。

「……おっと」

両足から一気に力が抜け、そのままずり落ちかけた身体が男の腕に支えられる。

荒い息をつきながら、花戸はその肩にすがりついた。

ふっと一瞬、目が合う。

にやり、と笑って、箕島が濡れた自分の唇を親指で拭う。

カッ…、と身体の奥でまた熱がかき熾《おこ》されるようだった。

上着だけ脱がされ、そのまま抱き上げられるようにしてベッドへ運ばれる。キュッ…、と布のこすれる音がして、タイが解かれた。

「さて、今夜はどういうご気分ですか、王子様？」

ぐったりと横たわった花戸の横にすわりこみ、楽しげにシャツのボタンを一つずつ外しながら、歌うように箕島が聞いてくる。

「優しく徹底的に甘やかされる方か、気を失うくらい激しくむさぼり合う方か。お好みのままに」

皮膚の固い指先が、するり…、とはだけられたシャツの隙間から素肌を撫で上げて、花戸は思わず息をつめる。ゾクッ…、と肌が震えた。

「どっちも疲れそうですけどね……」

それでもなんとか、平静な声を押し出してみる。

クスリ…、と箕島が笑った。

「大丈夫。どちらも死ぬほどよがれるというオプションがつくから」

男の指が、早くも固くとがった乳首を押しつぶすようにしてなぶり、へそのあたりからゆっくりとなめ上げてくる。味わうように喉元までたどると、やわらかく耳たぶを噛み、耳の裏をくすぐるようにつっつく。

「あ…っ…」

その危ういような感覚に、びくっ、と花戸は身体を震わせた。

「君は俺から離れられなくなるよ」

夢に誘《いざな》うような甘い声が耳に落ち、手のひらが優しく脇腹を撫で上げてくる。

「どうして……、そういう恥ずかしいセリフをしらふで言えるんですか……？」

乱れそうになる息遣いを必死にこらえながら、花戸は無意識に腕で顔を隠すようにしてうめいた。

「え？　そりゃ、しらふで恥ずかしいセリフをポンポンとテレビで言ってる親友がいるからかな？」

とぼけたように箕島が答える。

「だったら……」

花戸はとっさに腕を伸ばし、押し返すようにして手のひらを男の胸に当てる。

「今日は…、私にさせてください」

ん？　と箕島はちょっと首をかしげたが、かまわず花戸は身を起こした。

体勢を入れ替え、男がヘッドボードに背中を預けてすわった状態になる。

「ああ…」

意味がわかったように、箕島が口元で微笑んだ。

楽しげな、イヤラシイ、……そして、ぞくり、と身体の奥に響くような、セクシャルな笑みだ。

半分脱げかけていたシャツをベッドの下に投げ、今度は逆に、花戸が男のシャツのボタンを外し、ズボンの前を開いていく。

それを余裕の表情で眺めながら、箕島が尋ねてくる。

「君から離れられなくなる？」

「どうでしょう？」

いったん顔を上げ、とぼけるように花戸は返した。

「大丈夫。もうすでに、俺は君から離れられなくなってるよ」

くすくすと笑いながら言った箕島の言葉に、じわり…、と胸の奥から熱いものがこみ上げてくる。

やっぱり調子がいい…、と思いながらも。

花戸は男のシャツの前をはだけさせ、膝の間から身をよせると、あらわになった肌に唇を触れさせた。

がっしりと厚い胸だ。いつも…、してもらうばかりで、まともに見たのは初めてかもしれない。

ちょっと頬が熱くなる。

花戸はゆっくりと唇を下へすべらせていく。舌でたどり、手のひらで愛撫し、自分を狂わせる男の身体を確かめる。

「くすぐったいな…」

花戸の髪を撫でながら、箕島が笑った。

胸へキスをくり返しながら、下肢の膨らみを布越しに手の中に収め、その大きさと形をなぞるようにして何度も撫で上げる。

そしてようやく下着を引き下ろすと、中から頭をもたげたモノが飛び出してきた。

その大きさに一瞬息を呑み、それでも花戸はそれをそっと口に含む。

やわらかな頼りない感触が、口の中であっという間に固く張りつめていくのがわかった。

花戸は夢中で舌を使い、男を高めていく。

この男の、快感にあえぐ声を聞いてみたかった。

いつも自分だけ、夢中にさせられているようで……自分だけ浅ましく欲しがっているみたいで。

別の男を忘れるためだけなら、それでもよかったのだろう。

だが今は、この男の生の姿が見たかった。

「んっ…、ふ……」

飲みこみきれない唾液が唇の端から滴り落ちる。

くっきりと浮き出た筋を舌でなぞり、くびれを丹念になめ上げる。先端をくわえ、小さな穴からにじむものをなめとり、吸い上げるようにして刺激する。

ふっと、視線を感じて顔を上げると、立てた男の膝越しにまともに目が合った。

「嫌じゃない…？」

そっと聞かれ、花戸は男をくわえたまま微笑んでいた。

嫌ではない。……快感、だった。

自分が男に奉仕することが。

今まで、どんな相手にも感じたことのない不思議な感情だ。

解放感、にも似た、純粋な欲望――。

この男が欲しくて。悦《よろこ》ばせたくて。愛されたくて。

ただ、それだけ――。

『俺は君が好きだよ。愛している』

いつも軽く、人を煙《けむ》に巻くような言葉を使う男の、そんな飾りのない言葉が耳によみがえってくる。

今さら、胸の中が熱く、何かが大きく脈打つ。恥ずかしいくらいに顔がほてる。

この男に恋をしていたわけではなかった。

それでも――大きく包みこまれる安心感を覚える。

傷口をさらけ出し、――いや、剝き出しにされ、それでもじっと目を閉じてまどろんでいると、いつの間にか癒《い》やされているのがわかる。

何かを与えられていると感じたことはなかったのに。

知らないうちに、体中にこの男の存在を感じた。一人でいる時でも。

雨の夜も。いつの間にか、もう思い出すことはなくなっていたのだ――。

花戸は男のモノを手の中でしごきながら、そっと膝を持ち上げた。

「あ…っ！」

と、伸びてきた箕島の手が花戸の腕をつかみ、ぐいっと引きよせられる。抱きしめられるのと同時に顎がとられ、そのまま唇がふさがれた。

おたがいに丹念に味わうように舌をからめ合い、舌先を何度も触れ合わせる。

唾液を引きながらようやく唇を離すと、箕島が二本の指で花戸の唇を撫でた。

「なめて」

かすれた声で、優しい眼差しでうながされ、花戸は薄く唇を開く。男の指をくわえ、指の間から指先まで何度も舌を這わせて、たっぷりと唾液をからめていく。

箕島はそれを抜きとると、もう片方の指は花戸のうなじのあたりで遊ばせながら、濡れた指をそっと背筋にそってすべらせていく。

深い谷間に入りこみ、探るようにその部分をなぞられて、花戸はわずかに息を呑んだ。

強い腕が花戸の背中を抱きしめた。

男の膝に乗りかかったまま、身体を密着させ、骨張った首筋に顔を埋める。男の体温と汗の匂いが、全身に沁みこんでくる。

手慣れた指が焦らすように襞をかきまわし、ゆっくりと身体の中へ入りこんできた。

じわり、と、もどかしいような感覚が押しよせてくる。

「あ……」

無意識に顎を上げ、花戸は身体を反らせた。

慣らすように奥まで与えられた指をくわえこみ、きつく締めつける。出し入れされ、こすり上げられるたびに、痺れるような快感がにじみ出してくる。

子供を抱きかかえるように背中を撫でながら、箕島はいったん指を抜き出し、今度は二本そろえて含ませた。

「あぁ…っ」

大きくかきまわされ、何度もこすり上げられて、花戸は夢中で腰を揺する。

「気持ちいい…?」

からかっているようでもなく聞かれ、花戸は目を閉じたまま、ええ…、と答えた。

「よかった」

そっと微笑んで言い、キスをくれる。

箕島はさらに数度そこを乱してから、ゆっくりと指を抜いた。

髪をつかむように花戸の頭を引きよせ、熱い頬をこすり合わせる。熱っぽい男の吐息が耳をかすめていく。

「入れて」

そしてそっと、耳元でうながしてきた。

指先が潤んだ入り口を押し広げ、もう片方の手が花戸の手をとって自分のモノを握らせる。

わずかに息を吸いこみ、花戸は膝を持ち上げた。身体を浮かせ、後ろに固く反り返した切っ先をあてがう。

男の顔は見られず、目は閉じたまま、ゆっくりと身体を落としていく。

「あ…っ、――は…、あ…ぁ……っ」

身体を裂かれる痛みが、やがて深い陶酔に変わっていく。確かな存在を身体の奥まで感じ、熱が溶け合うように満たされる。

疼くような熱い波が、身体の奥からうねり始めた。

「あぁ…っ、あっ…あっ……あぁぁ…っ！」

花戸は無意識に男の肩に両腕をまわし、背中に爪を立てるようにしてしがみついた。

「瑛…」

名前を呼ばれて、ドクッ…、と血がたぎる。

熱っぽい視線にさらされ、しかし自分ではどうしようもなく、さらに恥ずかしく腰をふり立てる。むさぼるように一番奥までくわえこみ、ギリギリまで抜き出して、再び身体を落とす。

触れられてもいない自分の中心が男の腹にこすられ、その刺激に止めどなく蜜をこぼしていた。

動きまわる自分の身体を支える男の腕に、だんだんと力が入ってくるのがわかる。

その息遣いも次第に不規則になり、腰が強引に押さえこまれると、低いうなり声とともに一気に下から突き上げられた。

「あぁぁぁ……っ！」

その衝撃に花戸は反射的に身体を跳ね上げるが、すぐに引きもどされる。

何度もそれをくり返されて。

「……や…ぁ…っ！　もう…っ、もう……っ」

身体が芯から焼きつくされるようだった。

知らず涙を落とした花戸の身体が、瞬間、宙に浮き、背中からベッドへ倒される。

あっと思った時には両足が抱え上げられ、さらに深いところまでつなげられた。

ドクドク…、と男の中で激しく脈打つ鼓動まで、自分の身体の内側に感じられる。

一番近くに。誰よりも近くに――。

「……おねが……」

もう限界まで来ていた。

大きな手が花戸の頰を撫で、汗に濡れた額から髪をかき上げる。

鼻先に、唇にキスを落とし、いいぞ…、とかすれた声でささやいた。

一気に身体の奥から男が抜きとられ、あっ…、とあせった次の瞬間、再び深く突き入れられる。

無意識に伸ばした手が男の手に捕らえられ、そのまま溺れるようにおたがいの身体にしがみつく。

絶頂の瞬間、自分がどんな声を上げたのかもわからなかった。

気がついた時、花戸はぼうっとしたまま、箕島の腕の中にいた。

熱く湿った体温に包みこまれ、身体はまだつながっていて。

耳元でくり返される荒い呼吸が自分のものか、あるいは箕島のかもわからない。

ようやく男が重い身体を離し、ずるり…、と太い感触が身体から抜けていく。

中に出されたものが内腿《うちもも》にこぼれ落ち、しかしそれを拭うこともできないほど、身体はだるかった。

……やっぱり疲れるな……。

心の中でぼんやりと思いながら、それでも不快な感覚ではない。

箕島の指がそっとこめかみから髪を撫でてくる。

目が合って、にやりと男が笑った。

「君の次の恋人に立候補してもかまわない？」

あ…、と花戸は思い出す。

かわいそうな、次の恋人――。

「いいんですか？　私で」

わずかに目を伏せるようにして、花戸は尋ねた。

誰彼なく足を開くような男で。

そうでなくとも、箕島がキャリア官僚として進んでいくつもりなら、男の恋人などマイナスにしかならない。しかも、悪い噂が出て弁護士事務所を辞めた男だ。今度の件で、さらにまた蒸し返されるかもしれない。

遊びならともかく――。

「最初からずっと君が欲しいって言ってただろう？」

枕《まくら》の上で頬杖《ほおづえ》をつくようにして、箕島が小さく笑った。

ふっと、花戸は目を見開く。

そう…。そういえば、初めからその言葉は変わらなかった。

いつもまっすぐに見つめてくる眼差しは、ウソをついたことはなかったのだ……。

花戸はちょっと考えてから、答えた。

「明日…、昼食の時に私のいるところに来られたら、いいですよ」

花戸のその指定に、ふむ…、と男が顎を撫でる。

「愛が試されてるわけだな？」

――そんなふうにとぼけて答えた箕島だったが。

翌日の正午、花戸は警視庁にいた。

正午指定で調書の作成に呼び出されたのだ。

うまくハメられた気がして憮然とする。

箕島にとっては、今までで一番簡単な予想だっただろう。……間違いなく、自分が指定したのだろうから。

正式な記者発表はまだだったが、事件の大きさに顔色を変えているお偉方が立ち並ぶ中、箕島一人がにこにこと上機嫌に場違いな空気を放っていた。

「今日の昼はやっぱりカツ丼でいいかな？　警視庁でおごるから」

事情聴取のあと、コソッと耳打ちするようにささやいてきた箕島の足を、花戸は無言のまま踏みつけた――。

end.

アンダースタディ

「ああ…、おはようございます！　花戸《はなこ》さん」

その日の夕方、依光《よりみつ》が収録をしているスタジオに顔を出した花戸に、すれ違った少し年上くらい男が気軽な調子で挨拶《あいさつ》してきた。

「お世話になってます」

と、丁寧に一礼して返した花戸だったが、内心では誰《だれ》だったかな…、と脳内で記憶の旅に出ようとして——その胸元のスタッフ証が目に入った。

名前には覚えがある。そういえば、今、依光がゲスト出演しているドラマのディレクター、だっただろうか。

顔合わせで一度、おたがいに自己紹介したくらいだったが、マネージャーの顔までよく覚えているものだ…、と感心する。

「いやぁ…、いいですよ、片山《かたやま》くん。共演者とも相性、いいし。監督も気に入ってますしね。今度ぜひまた、お願いしますよ！」

そんなふうに調子よく肩をたたいて言われ、こちらこそよろしくお願いします、と花戸も愛想笑いで返したものの、相手がどこまで本気なのか、単なる社交辞令なのか、その判断がつかない。

すぐ横のロビーにあるモニターでは、夕方のニュースを終えて明日の天気予報になっており、おはようございます、ねぇ…、と思わずため息をついてしまう。

この業界に関《かか》わるようになって、本当にそうなのか、と思ったものだが。

そして、ほとんど初対面にもかかわらず、この馴《な》れ馴《な》れしさ。

一年前は弁護士をしていた花戸には、まだいろいろと芸能界のシステムに馴染めないところもあるが、まあそれでもなんとか、「フリー俳優のマネージャー業」をこなしていた。

とはいえ、他《ほか》のプロダクションのマネージャーなどに比べると、まったく働いていない部類なのかもしれない。

積極的にロビー活動をしてプロデューサーやディレクターにタレントを売りこむわけでなく、素早く情報をつかんでCMや何かの仕事をとってくるわけでもなく。

まあ、依光自身は今までの時代劇――その「斬《き》られ役」を大事にしているので、それはそれでいいのだろう。

四六時中タレントにくっついている必要もなく、学生時代からの友人だというほどよい緩さかげんで、そしてフリーなだけにその他の事務的なことは花戸の自由に采配《さいはい》できるし、時間もかなり融通が利く。

めずらしい異業種体験ができ、仕事としても楽しくやっていた。

……そして、プライベートではというと。

ちらっと時計を見ると、夕方というよりは夜と言った方がいいくらいの、ゴールデンタイムにさしかかっている。収録は例のごとく少し押しているようだったが、あと一時間ほどだろうか。

そういえば今日は、例のごとくスケジュールをチェックしていたらしい箕島《みしま》から、『依光くんの収録終わりに合わせて迎えにいくからねっ』と、ハートマーク付きのメールが届いていたのだ。とてもキャリアの警察官僚とは思えない、お気楽な軽いノリで。

そして、その男が……どうやら今の自分の恋人らしい、と思うと、なんだかがっくりと肩が落ちる。

なんだろう、うまく丸めこまれてしまったのか…？　という、自分に対する、あるいは現状に対する失望だ。

あんな男がタイプだったはずはないのに。

やかましく、厚かましく、ずうずうしく、うっとうしい男なのに、気がつけばいつも隣にいる。

……いつの間にか、より添うようにして。

必要な時、ふり返ればいいてくれるのだ。

よく言えば、意外性がある、ということなのかもしれないが、それもペースを乱されるばかりで、思うようにならなくて。

それでもふたりでいる時間は、嫌いではなかった。本当に、不思議な感覚だったが。

あの男の存在にいらだつのと同じだけ、かまってほしい気持ちと、妙な安心感がある。

――好き、なんだろうか……？

それさえも、よくわからなかったけれど。そしてあの男の方が自分を好きだという気持ちも、よくわからない。

どこが、なのだろう…？　と思ってしまうのだ。

まあ、身体《からだ》の相性は、おそらくいいのだろう。そしてそれは、かなり重要なことだ。

特に今の自分たちには。

それがなければ、きっと別れていた——というより、こんなふうにつきあってはいなかっただろうから。

結局、誰かがいないとダメなんだろうな…、と思うと、少し自分が情けなくなる。

そんなに弱いつもりはなかった。……そんなに身体を持て余しているつもりも。

花戸はとりあえず、ドラマ収録の現場に顔を出そうと、エレベータのボタンを押す。

待っている間に携帯をチェックして、スケジュールを確認していると、エレベータの到着音がし、ガラリ…、と扉が開いた。

顔を上げて乗りこもうとした花戸は、中から人の出てくる気配にわずかに横へ避ける。

——と。

「花ちゃんっ」

目の前で大きく、うれしそうな声が弾《はじ》けた。

エレベータから下りてきたのは、箕島だった。ふだんと同じくスーツ姿で、仕事の帰り、なのだろうか。

一瞬、花戸は声を失う。

いや、来るとは聞いていたが、こんなに早く……しかも、いきなり、だ。

「……本当にいつもびっくりするタイミングで現れる人ですね」

ようやく息をつき、花戸はいくぶんあきれた調子で口にした。

決して褒めたわけではなく、感心したわけでもない。むしろ皮肉だ。

「うん。やっぱり引き合うんだよ。愛の力？」

しかしまったく通じている様子はなく――あるいは、わかっていて脳内で変換しているのだろう。

にこにこと、どこか自慢そうに言う。

「依光、まだ収録は終わってませんよ」

花戸はそんな言葉にいちいちとり合うことはせず、まったく聞こえていないそぶりでぶっきらぼうに言った。

「みたいだね。あと三時間くらいはかかりそうだって」

「そんなに？」

どこで聞きつけたのか、まったく気にしていないように言った箕島の情報に、花戸は思わず声を上げてしまう。

依光は今日は京都に帰る予定だったが、うっかりすると新幹線に間に合わないかもしれない。予約をとり直すか…、明日の朝にした方が確実だろうか。

一瞬に頭の中でそんなことを考えたが、……まあ、終わってみるまで待つしかなかった。

それにしても。

「箕島さんはずいぶん早かったんじゃないんですか？　まさか公務員が仕事をさぼってきたわけじゃないでしょうけど。……ああ、それよりよく入れましたね」

いかに警察官僚とはいえ、こんなスタジオや局では思いきり部外者だ。もちろん、手帳を示せば入れないことはないのだろうが、めいっぱい職権乱用になる。いろいろと私的なコネは使いまくっている箕島だったが、そういう力業はしていないらしい。

そんな花戸の疑惑に、ジャーン！　と箕島はポケットから真新しい関係者証をとり出してみせた。

「依光くんにパス、作ってもらったんだよー。ほらほらっ」

満面の笑みで、小さな子供が宝物を見せるようにして花戸の前に突き出してくる。

花戸は思わず、チッ…、と短く舌を打ってしまった。

……まったくよけいなことを。

そういえば依光と箕島は、結構仲がいい。というか、花戸を挟んで共闘しているふしがある。依光が関係者扱いで申請したのだろう。

「チッ、てなんだよー、チッてー」

あからさまな花戸の表情に、不服そうに箕島が唇をとがらせる。

「よかったですね」

花戸はいかにも冷ややかに、言葉とは裏腹な口調で言ってやった。

「でも、あと三時間もあるんなら、あなたもヒマでしょう？　今日はもうお帰りになったらどうですか？　この分だったら依光、今夜はうちに泊まるかもしれませんからね」

箕島の今夜のプランとしては、おそらく花戸と依光を駅まで送り、そのあと花戸の部屋に行ってふたりで過ごす——、というものだ。

しかし依光の家は京都にあるので、もし東京泊まりになると花戸の部屋に転がりこんでくる可能性もある。依光が東京に泊まる時にはたいてい恋人である、やはり俳優の瀬野千波《せのちなみ》の部屋に行くことが多いのだが、明日朝イチということになれば、花戸の部屋に泊まる方が迎えに行く手間が省けておたがいに楽だ。

……いやまあ、依光だって子供じゃないんだから、タクシーを拾うことくらいできるだろうし、もし箕島が一緒だということを知れば、間違いなく気を遣って千波のところに行くはずだが。

しかし、そんなことは口に出さずに冷たく言った花戸に、え——っ！　と箕島が抗議の声を張り上げた。

「せっかくの花ちゃんとのラブラブな週末が……っ」

よろり、とおおげさによろめいて、エレベータ横の壁に手をつく。

……何がラブラブだ。勝手に人の予定を立てないでもらいたいものだ。

あからさまなため息をつきつつ、花戸は閉じてしまったエレベータの扉を開け直すと、さっさと中に乗りこんだ。

「あっ、俺《おれ》も俺も」

閉まる間際、あわてて箕島が飛びこんでくる。

「スタジオまで来るつもりですか？」

というか、スタジオから下りてきたんじゃなかったのか？　と思う。もしかして、自分の来るタイミングを計って、玄関で待っているつもりだったのか。

階数を指定してから冷ややかに尋ねた花戸に、それもいいけどねぇ…、と、箕島が顎《あご》を撫《な》でながらのんびりと答えた。そして、さらりとつけ加える。

「実は今日、依光くんたちの隣のスタジオで野田《のだ》も収録してるんだよ」

「野田さんが？」

花戸はちょっと目を見開いて聞き返した。

それは知らなかった。

野田司《つかさ》は、今の日本でもっとも人気のある俳優の一人であり、もうすぐ公開予定の、依光も出演する映画の主演俳優だ。

依光にとっては初めての本格的な映画出演であり、その監督である木佐《きさ》とは幼い頃《ころ》に別れた実の親子だ、ということがメディアに出て以来、かなり注目を浴びることになっていた。

つまり、木佐がかつて妻と幼い我が子を捨てた、ということで、「同じ道に入った親子の確執」という、格好のワイドショーネタになっている、というところか。

しかし世間が期待するほど生臭い修羅場があったわけでもなく、映画の長い撮影期間に依光は野田といい友人関係を築いたらしく、花戸も挨拶はさせてもらっている。

その野田と箕島とは、実は小学校からという長いつきあいであるらしく――おたがいに気心の知れた親友のようだった。

何というか、才能もあり、人間的にとてもできている野田と、このちゃらんぽらんな箕島が親友だとは、いまだに信じられない思いだが。

まあそれを言えば、この男が警察官僚などやっている事実が間違っている。

「そ。俺もさっき、依光くんに聞いたとこだけど」

どうやら依光には花戸が会う前に、顔を合わせたらしい。

そして箕島は伸ばした指で、花戸が指定した階数からさらに二つ上の階を指定する。役者たちの控え室がある階だ。

「ちょっと野田の顔、見てくるよ。出番待ちで休憩中みたいだし」

「ああ…、では私《わたし》も依光に会ってからそちらに挨拶に行きます」

ちょうど到着して開いた扉から、花戸だけが先に下りながら言った。

一応、依光が世話になっている共演者で、数少ない業界での知り合いでもある。

それに、了解、と箕島が片手を上げた。

「あとでねーっ」

と、閉まる扉の中で調子よく手をふる男にさっさと背を向けて、花戸はスタジオを目指していった
――。

箕島に聞いたとおり、収録はかなり押しているようだった。

こっそりとスタジオに入るとちょうど依光の本番が始まって、花戸は隅の方からじっとそれを見つめる。

人気ドラマの改編時のスペシャル番組で、そのゲスト出演だったが、ふだんの時代劇とは違ってめずらしくスーツ姿だ。

大部屋俳優の「斬られ役」としてはそこそこ名前も通っているらしい依光だが、木佐の映画に出て以来、少しずつ現代劇へのオファーも増えている。喜ばしいことだと思うが、依光自身はあまりこっちがいそがしくなり過ぎて、恩も義理もある時代劇の方が受けられなくなることを心配しているようだ。実際今でも少し、京都の撮影所と東京での仕事との兼ね合いが難しくなっていた。

まあそんな調整のために、花戸が依光に雇われたわけだが。

確か今回の役は予備校の講師で、まったくイメージではなかったが、案外サマになっている。

依光とは高校時代からの悪友だが、こうして演技をしているところを目の当たりにすると、本当に

役者なんだな…、とあらためて思ってしまう。まったく今さらだったが。

作品になったものを見る時は、何だろう、その役として見るので、見ている間はそれが依光だ、という感覚があまりないのだ。

「モニターチェックしまーす！　しばらくお待ちください！」

演出家だろうか、ＯＫの声に続いてスタッフの声が響き、張りつめていた空気が一瞬に緩んで、セットの中の役者たちがバラバラと動き始める。

役の表情とは打って変わった気さくな笑みで、依光は学生役だろう、アイドル顔の若い役者たちとしゃべっていた。

「はい、ＯＫでーす！　次のシーン、行きます――！」

そんな声に依光がセットから下りて、スタジオの隅の自分のイスだろう、その背もたれに引っかけてあるタオルを持ち上げた。ＡＤらしき男と何か確認し、他《ほか》の役者と会話をしている方へ、花戸はゆっくりと近づいていく。

「――お、来たのか」

会話を終えた依光が花戸に気づいて声を上げ、ペットボトルの水をぐっと喉《のど》へ流しこんだ。

「かなり遅れてるんだって？」

そんなふうに尋ねた花戸に、ああ…、と依光が顔をしかめる。

「てっぺんは超えないと思うんだけどな。……明日、京都は何時入りだっけ？」

「十時。どうする？　明日の朝の新幹線にしとくか？」

「そうだな…。その方が確実かもな」

「千波くんのとこ、泊まるのか？」

「千波、今日はロケでいないんだよなァ…」

ガシガシと頭をかいて、依光がちょっと渋い顔をする。と、思い出したようにあわてて言った。

「いや、合い鍵《かぎ》はあるから問題はないけどな。……今夜はおまえのとこ、泊まるわけにもいかないんだろ？」

どこか意味深に言われたのは——箕島がいるから、という意味だろう。

「別にかまわないぞ」

さらりと言った花戸だったが、依光はにやりと笑った。

「さっき廊下で会ったよ」

「いや…、約束があるわけじゃないから」

いくぶんつっけんどんに言った花戸に、依光が肩をすくめる。

「かわいそうだろ。箕島さんだっておまえと過ごすのを楽しみにしてるんだろうし」

「かわいそうなわけあるか。あんないいかげんな公務員が」

むっつりと花戸は鼻を鳴らした。

まったく、公務員のくせにいつ仕事をしてるんだか、と思うが……まあ、それなりにしているのだろう。ひと月ほど前の、田方の事件を思えば。

今は昔ほど頻繁に、昼食時に顔を出したりもしてない。あるいは、そんなふうに花戸をからかって遊ぶのに飽きたのかもしれないが。

「今日は先に帰っていいぞ？　何時になるかわかんねぇし。俺は適当にタクシー、拾うから」

そんなタレントの言葉に、あっさりと、そうだな…、と花戸は顎を撫でる。

ずっとフリーでやってきた依光には、このへんの気楽さがあっていい。

「……そういや、野田さんが来てるんだろう？　とりあえず、挨拶に行ってくるよ」

そう言った花戸に依光がうなずく。

「そうそう。隣で収録みたいだな。俺もあとで顔出すって言っといてくれよ」

わかった、とうなずいた時、「片山さーん！　ちょっとお願いします！」とスタッフに呼ばれて、依光が大きく返事をしながらふり返る。

「あとでな」

と、短く声をかけ、花戸はすれ違う相手に一応、挨拶をしながらスタジオを離れた。

撮影現場というのは、おもしろくはあるが、やはり花戸にとっては異空間で、外へ出るとホッとする。やっぱりシステマチックなオフィスの方が身体には馴染むのだろう。

現実ではない夢の空間——。

それはたまに体験するからこそ、おもしろいのかもしれない。

……あるいは、箕島のような男も。

『俺は君が好きだよ。愛している』

いつになく落ち着いた、真剣な男の声が、耳の中によみがえってくる。

……ああいうのは卑怯《ひきょう》だ、と思う。

あんな時に、あんな顔で言われたら。

いつもはどれだけ本気なのかもわからないような、適当な言動のくせに。

本当にふりまわされてるな…、という気がして、ハァ…、と無意識にため息をつき、花戸はエレベータに乗りこんだ。

さっき箕島が指定していた階を押し、同じようなドアが長々と続く廊下を、貼《は》り出されているタレントの名前をたどって探していく。

『野田司様』

と書かれていたのは、一番奥の一室だった。他の部屋より少し広いのかもしれない。

ノックをしようとして、わずかに開いているのに気づく。

そういえば、箕島が来ているのならにぎやかな話し声の一つも聞こえていそうだが、中は人の気配もなくひっそりとしていた。

――いないのか……？

と、ちょっと首をかしげる。すでにスタジオに入っているのかもしれない。

不用心だが、こんなところでは鍵もかけないのだろうか。

花戸はドアノブに手をかけて、そっと、ほんのわずかに押す。薄く開いた隙間《すきま》から、中の様子をうかがってみた。

すると、部屋の中央にある応接セットのソファに野田が横になっていた。

一瞬、具合が悪いのか、と思ったが、どうやら仮眠でもしているらしい。腰のあたりまで軽く毛布が掛けられている。

そしてそれを、箕島が肩のあたりまで引き上げてやっていた。

箕島はこちらに背を向けていたのだが、その顔が横の鏡に映っている。

ハッとするほど、穏やかな……どこかおとなびた――という言い方はおかしいのだろう。三十もなかばで、花戸より年上なのだ――優しい表情だった。

いつも花戸に見せているような、おちゃらけた顔ではない。

無意識に息をつめて、花戸はその鏡の中の男を見つめてしまった。

箕島は毛布をそっと直し、静かに野田の寝顔を見下ろして、指先で顎から首のあたりの髪を撫でている。

――そして。

野田の上に覆い被《かぶ》さるように身をかがめると、ふたりの顔が重なり合った。

キス――したようだった。

簑島の頭だけがしばらく、鏡の中に映し出される。

かなり……長い時間。

簑島の顔がすべるように動き、さらに長く野田の顔のあたり唇を押しあてて……、静まりかえった空気の中に、軽く、明らかに濡《ぬ》れた音が響く。

花戸は思わず息を呑《の》んだ。

瞬《まばた》きもできずに、それを見つめていた自分の――情けなく呆然《ぼうぜん》とした顔がちらっと鏡に映り、花戸はとっさにその場を離れた。

足早に廊下をもどり、指先で何度もたたくようにしてエレベータを呼ぶ。開いたエレベータに飛びこんで扉が閉じると、ようやくホッと息をついた。

自分の息が荒かった。心臓が激しく音を立てている。

――なんだ、あれは……？

と思う。

いや、見たままのことなのだろう。それ以外の何でもない。

花戸はそのまま一階フロアの休憩スペースまで行くと、ようやく深い息を吐いて、気持ちを落ち着かせた。

そうだ…、今までにも感じたことはあった。

簑島と野田とは、本当に長いつきあいだと聞いている。小学校から。ということは、もう三十年近くにもなるのだ。

そんな長い間……。

花戸は知らず、そっと目を閉じていた。

そんなに長い時間、ずっと野田と一緒にいて……そういう気持ちにならない方がおかしいのかもしれない。

花戸から見ても、野田は本当にいい男だった。容姿とか性格とか。明晰《めいせき》な頭脳も、その才能も。

ある意味、完璧《かんぺき》すぎることが欠点としか言いようがないほど。

だがあまりに幼い頃から一緒にいる時間が長すぎて、昔はそれを認識できなかったのかもしれない。

あるいは、箕島にとって野田は、自分が汚すことのできない存在だったのか。

プラトニックな思いなのだろう…、とは思う。

箕島と野田とに、実際に身体の関係があるとは思わない。少なくとも野田は、今は木佐監督とつきあっているようだから。

それを花戸は、木佐の息子である依光からではなく箕島から聞いたのだが、その時の箕島の口調も、やはり不満そうだった。納得できていない、というか。

——親友として、だろう。それはもちろん。

親友として、あんな男には任せられない、と。

……だが、本当にそれだけの気持ちなのだろうか？

自分が手を出せなかった男を、他の男にとられるのが単に許せなかっただけなのかもしれない。相手が誰であろうと。

箕島にとって野田はかけがえのない親友であり……永遠の憧《あこが》れなのだろう。

つまり自分は、その野田の代役《アンダースタディ》というわけだ。

そう思うと、ちょっと笑いたくなる。

あの野田の代わり、とは。ちょっと無理だろう…、と。

いや、野田の代わりになれるような男は誰もいないのだ。だからこそ、自分なのかもしれない。

箕島にとっては、誰でも同じなのかもしれなかった。野田でなければ、誰でも。ただ、身体の相性がよければいい、というくらいの。

……だが、それがどうしたというんだ？

とも思う。

冷静に考えて、何か問題があるのだろうか——、と。

箕島が野田と寝たわけではない。自分と「恋人」としてつきあっていて、もし箕島が他に身体の相手を求めたとしたら、浮気、と言えるのだろう。だが自分は、そういう意味で箕島に裏切られたわけではないのだ。

ただ初めから、あの男の心が求めているのは自分ではなかった、というだけで。

箕島にしても、別に野田との関係をこれから発展させようと思っているわけではないのだろう。

あのふたりは親友なのだ。この先も。……ちょうど、自分と依光と同じように。

ならばこのまま普通に、箕島との関係を続けていくのに何か不都合があるわけではない。箕島の方にも、やましい思いがあるわけではないのだろうから。

……おたがいに飽きない限りは。あるいはおたがいに、別にもっといい相手を見つけることがなければ。

愛している——と。

案外、都合のいい言葉なのかもしれない。その重さも、意味も、人によっていろいろだった。

箕島が自分に言ってくれたことが、嘘《うそ》だったとは言わない。ただ、箕島にとってはその意味が違うだけなのだろう。

理想の相手と、現実の相手。

そんなところか。

もともと自分にしても、箕島に何かを期待していたわけではなかったはずだ。自分だけへの誠実な愛情とか、そんなものは。

ただ持て余す時間と身体を、埋め合わせられればよかった。

……そのはずだったのだ。

重くなりすぎない、おたがいに気楽な関係で。

何も、問題はない。

そう思うのに。

なぜか、心がパサパサと渇いていくようだった。虚脱感…と、喪失感。

どうして、自分がこれほど衝撃を受けているのかわからなかった。

結局、自分では、ないのだ——。

あの男が本当に求めているのは。本当に、心の底から欲しいのは。

その事実にこんなに打ちのめされるとは、思ってもいなかった——。


その日、花戸は依光に断って先に帰ってきた。

そのあと、箕島からは何度も「ひどいよー」「淋《さび》しいよー」「どーしたのー?」と例のごとく、絵文字が乱れ飛ぶ軽薄なメールが来ていたが、花戸は無視した。コールも二度ほどあったが、いっさいとらなかった。

それからも数日間は、日に二、三回、様子をうかがうようなメールが入っていた。

何か怒ってる? とか、電話出てよ~、とか。

それでも花戸が返信しないのはよくあることで、あまり気にしていなかったのかもしれない。メールが来なくなったのは、さすがにあきれたのか、あきらめたのか、あるいは仕事がいそがしくなったのか。

箕島が神出鬼没に現れていた昼食時間も、花戸は徹底して避けた。

あれだけうっとうしい、と思っていたのに、避けるのは案外簡単なことだったのだ。ただ、自分が外へ出て行かなければいいだけ。あるいは、依光の仕事先近くで食事をとらなければいいだけだ。

なぜ今までそれをしなかったのか、自分でも不思議なほどだった。

しかし、いらだつばかりだったそんなメールの着信がなくなると、花戸はさらに落ち着かない気持ちになっていた。

どうせ…、その程度のものだったのだ、と。

そろそろ箕島も自分をかまうのに飽きていた頃かもしれないし、ちょうどいい、というくらいの感覚なのかもしれない。

もともと、おたがいの仕事上でも接点らしい接点はほとんどなかったのだ。

箕島が野田の親友だといっても、結局は一般人だ。しょっちゅう会っているわけではないようだし、花戸にしても単なるマネージャーで、依光のスケジュールが重なるのでなければ野田と会うことすらそうはない。おそらく、今の映画の仕事が終わればさらに機会は少なくなるのだろう。

これまであれだけ箕島と顔を合わせていたのは、おたがいに…、いや、箕島が精力的に、こまめに動いていたからだ。

だから箕島がこのゲームを下りれば、それでおしまい。今頃はどこかで、また新しい遊び相手を見つけているのかもしれなかった。

そして、そのまま顔を合わせることもなく二週間ほどがたった時、花戸は思わぬところから箕島の話を耳にしていた。

『近くまで行くんですよ。時間あったら、昼飯食いませんか?』

そんなふうにメールをよこしたのは、牧野《まきの》だった。以前勤めていた弁護士事務所の後輩だ。

一人で昼を食べるのもだんだんと味気なくなっていた頃で、花戸はOKの返事を入れ、場所を打ち合わせた。

「これっ、お願いしますっ。西原京《さいばらみやこ》ちゃんのサイン!」

しかし待ち合わせた丼飯屋で早々に牧野が差し出してきたのは、十枚ほどの色紙の束だった。ランチタイムからは少し外れた一時過ぎで、客の姿もかなり減っており、四人用のテーブルが使えている。

「おまえ、それが目的か…」

あきれて、花戸はちょっとため息をついた。

西原京は今度の映画で依光が共演している女優だ。野田の死んだ妹役で、千波の恋人役。二十歳過ぎの若手の人気女優だが、子役からのキャリアもあり、演技力もしっかりとしている。

「おまえ、ファンだったのか?」

「そりゃあ! でも実は、客の一人が結構なファンなんですよ。いいおっさんだけど。あと、事務所のヤツらからの頼まれもので」

へへへ…、と笑った牧野が、お願いします、と拝んでくる。

「楢《なら》所長も実は好きみたいなんですよー。一枚は所長の分ですから」

大恩のある所長の名前を出されると、花戸も断り切れない。……あの渋い所長が？　と思うと、妙に嘘っぽいが。

「わかったよ」

やれやれ…、と花戸は紙袋ごと、色紙を預かった。

「それでおまえ、仕事の方は順調なのか？」

すみませーん、と調子よく笑う男に、花戸は鮪《まぐろ》の漬け丼を定食で頼んだあと、尋ねてみる。

「あ、俺も同じの」

作務衣《さむえ》っぽい制服のウェイトレスをふり返って注文し、牧野は出された手ふきで手を拭《ぬぐ》いながらちょっと眉《まゆ》をよせた。

「まあまあですかね…。事務所自体、ちょっと厳しくなってきてるところはあるみたいですけど。なにしろこの不況ですしね」

なるほど…、と花戸もうなずいた。

楢綜合法律事務所《ならそうごうほうりつじむしょ》は企業相手がメインなだけに、経費削減の余波もあるのかもしれない。

「所長からは花戸さんの近況を聞いてこい、って使命を受けてるんですけど？」

そしてちょっと探るように、牧野が顔をのぞきこんできた。

そんな不況の中、まだもどってこい、と言ってもらえるのはありがたかったが。

花戸はちょっと苦笑した。

「まあ、今の仕事も楽しくやってるよ。給料は歩合制になったからな。役者を働かせてがっつり稼ぐさ」

「花戸さんらしいなあ…」

「どういう意味だ、それは?」

いかにもな調子でうなった牧野に、花戸はつっこんでやる。

それにあせったのか、牧野があわてて話題を変えてきた。

「そういや、昨日、俺、あの人に会いましたよ。……ええっと、箕島さん、て言いましたっけ? 警《けい》視庁《しちょう》の」

と、思いがけず後輩の口から出た名前に、花戸は一瞬、言葉につまる。

そういえば一度、牧野も箕島とは会っていたのだ。

何と言っていいのかとまどい、そうか…、とだけ、小さくつぶやく。

「声はかけなかったんですけど。何か、デートみたいだったたし。すげーやり手のお姉様って感じの美人にネクタイ、選んでもらってましたよー」

いかにもうらやましそうな口調で言った牧野に、花戸は言葉を出すことができなかった。

一瞬、息が止まった気がした。そして次の瞬間、身体の奥に鋭い痛みが走り、じわり、とそれが面積を広げていく。

痛み、と熱くわだかまるような怒り――。

そのあと、牧野とはどんな話をしたのかもまともに覚えていなかった。きっと共通の知り合いの話とか、たわいもない芸能界の裏話だったのだろうが。

――女、か……。

それでもようやくその意味が頭に入ると、なるほどな…、と、知らず冷笑してしまう。

男遊びに飽きて、女にもどった、というわけだ。ありそうなことだった。

それならそれでかまわない。花戸も、新しい相手を見つければいいだけだった。

どうせ、箕島にとっては野田以上に大切な相手はいないのだろうから。

ちょうどいい頃合いなのだろう…、と思う。ケンカ別れのようなわずらわしさもなくていい。

自分では、そう思っているはずだった。

さっぱりと割り切って、新しい相手を見つける。今度はもっと…、落ち着いた男がいい。あんなやかましく、暑苦しい男じゃなくて。

ひさしぶりに、そういう店にも顔を出してみようかな…、と。いい出会いがあるかもしれない。

だが、そんなふうに気持ちを持っていこうという思いとは裏腹に、身体の奥からにじみ出すようないらだち…、そしてとげとげしさが収まることはなかった。

気持ちが落ち着かず、つまらないことでミスが増えた。スケジュールを間違ったり、メールの返信を違うところへ打ったり。打ち合わせの相手や場所を勘違いしたり。

何もかも思うようにならなくて、そんな自分によけいに腹が立ってくる。

そんな中だった。

依光の収録しているスタジオで控え室に向かおうとしていた花戸は、廊下で誰か派手《はで》めの女性とすれ違った時、ふいに呼び止められた。

「ああ…、ちょっとあなた。悪いけど、部屋にコーヒー、持ってきてくれる？　ブラックでね」

四十前後だろうか。そうするのがあたりまえのように傲然《ごうぜん》と言われ、花戸は思わずムッとした。どうやらスタッフと間違えられたようだ。

「すみませんが、私はここのスタッフじゃないので。他に頼んでくれませんか」

いくぶんつっけんどんな調子でそう言うと、花戸はそのままさっさと行こうとした。

が、女はとたんに表情を変え、甲高い声を上げる。

「……ちょっとあなた、何なの、その言い方は？」

「間違えたのはそちらでしょう？」

冷ややかに言い返した花戸に、女は腕を組み、さらにきつい口調で嚙みついてきた。

「あなたが何だってかまわないわよ。だったら、頼んでおきます、くらいのことは言えないの？　あなた、どこの人？」

ぴしゃりと言われ、花戸はいかにもうんざりとため息をついた。

頼むも何も、この女のことも、その部屋もわからないのに。

まあ、こんなところを我がもの顔で歩いているということは、そこそこの有名人なのだろうが。もちろん自分の顔も名前も、誰もが知っていて当然、と思っているのだろう。

「あなた…、……ああ、そうだわ。確か片山くんのマネージャーよね？」

と、花戸をにらんでいた女がふっと眉をひそめ、思い出したように確認してきた。

「あ……」

言われて、ようやく花戸も状況の悪さに思い至った。

自分を知っているということは、どこかで紹介されている、ということだ。直《じか》にでなくとも、少なくとも依光は知っているということになる。

――誰だ……？

そういえば、顔に見覚えはある気はする。女優だ。しかもかなり有名な。

すぐにピンと来なかったのは、芸能マネージャーとしては失格なのだろう。ただ花戸はもともと、あまり芸能界に興味はなく、俳優や女優にもくわしいわけではない。現在勉強中、というところだ。

しかも彼女の服は原色で派手だったがラフな格好で、髪はざっとヘアバンドで上げただけだし、顔はノーメイクに近く、正直、すぐに思い出せなくても勘弁してほしい。……もちろん、口に出せることではなかったが。

まずい…、とさすがにひやりとする。

自分が怒鳴られてすむくらいならかまわない。が、依光にまで影響があると。

こんな時、どう対処すればいいのか――。

弁護士時代にも、怒った顧客をなだめるような場面は何度もあった。だがたいてい、その客の利益になる方へと話を誘導していけば丸く収めることはできた。相手も経営者だ。ある程度、理性的な話はできる。

だが今は、それとはまるで状況が違っていた。どう手をつけていいのかわからない。

「片山くんってどこの所属だったかしら？　マネージャーの教育がなってないわね」

いらだったようなそんな言葉に、さすがにあせりがにじみ出す。

「いえ…、それは……」

どうしよう、と思った時だった。

「二ノ倉《にのくら》さん？　彼、どうかしましたか？」

ふいに、背中からものやわらかな声がかかった。そのトーンだけで、ふわりととげとげしかった空気が少し丸くなったようだ。

聞き覚えのある…、耳に馴染んだ声だった。

そうだ。二ノ倉水絵《みずえ》だ、と、ようやく花戸も思い出す。

二時間ドラマではシリーズも持っている大御所だ。時代劇などにもよく出ているし、今のドラマでも依光と競演していた。

「ああ…、野田くん。知り合いなの？」

花戸の肩越しに相手を見た二ノ倉が、ちょっととまどったように聞き返している。

野田は反射的にふり返った花戸をちらりと眺め、微笑《ほほえ》んでうなずいた。

大丈夫だから、と言うような落ち着きのある笑みで、花戸も知らず息を吐いた。

「ええ、友人なんですよ。……申し訳ありません、彼はまだこの業界は日が浅くて。何か失礼がありましたか？」

「まぁ、ちょっとね…」

野田の前で騒ぎ立てるのも大人げない、と思ったのだろう。彼女が髪に手をやりながら言葉を濁す。

そしてちらっと花戸を上目遣いにして言った。

「そう…、慣れてないんなら仕方がないけど。次から気をつけてちょうだいね。誰が誰のスタッフとかっていう問題じゃないでしょ？　人間関係なんだから。やれる人がやれることをやらなきゃ」

「……すみません」

小さく唇を噛《か》んで、それでも花戸は頭を下げた。

彼女の後ろ姿が廊下の先の部屋へ消えてから、ようやくホッと息をつく。

「どうしたの？　花戸くんらしくないね。いつもそつなくさばいているのに」

残った野田に不思議そうに言われて、花戸はさすがに口ごもった。

「いえ…、ちょっと」

安心した、と同時に、いい知れない悔しさ…、というか、情けなさが襲ってくる。よりにもよって野田に助けられるとは。

「二ノ倉さんも少し、難しい人だから。気をつけておいたらいいかもしれないね」

さらりと言って、野田が苦笑した。

「彼女、アンティアンって店のフルーツのロールケーキがお気に入りなんだよ。限定だから予約して、片山くんの名前で送っておくといい。ああ…、赤いバラをつけておくといいよ。ベタだけどね。喜ぶから。店の電話番号はあとでメールしておくよ」

「ありがとうございます」

さらに続けられて、花戸は頭を下げる。

本当に何から何まで……隙がない人だ、と思う。

何もかも。まったく適《かな》う気がしない――。

……いや、もちろんそんなことは初めからわかっていたことだ。

あきらめ、というか、なんだろう…、張り合おうという気持ちにすらならない。

そんなふうに思ってから、花戸はちょっとあせった。

何を張り合おうというのだろう？　何も――そんな必要はそもそもないのに。

「そういえば、花戸くん、今日はこのあと、時間があるかな？」

と、ふいにそんな言葉をかけられて、花戸は首をかしげたまま野田を見た。

「え？　ええ…、まあ」

「じゃあ、ちょっと頼まれてくれないか？　夕食、おごるから」

ふわりと微笑まれて、花戸はあわてて言った。

「いえ、夕食なんて。こちらがお世話になっているばかりですから。……何ですか？」

そんな花戸の言葉に、野田が苦笑するように言った。

「夕食を食べてきてほしいんだよ」

「え？」

意味がわからず、花戸は首をひねる。

「七時半からね、ひさしぶりに箕島と約束してたんだけど、ちょっと急な仕事が入って行けなくなったんだ。で、代わりに君が行ってくれないかと思って」

「箕島さんと…、ですか？」

その口から出た男の名前に、さすがにドキリとする。

野田は…、箕島と自分との関係を知っているのだろうか？

箕島が話している可能性はもちろんあったが、しかし自分の……好きな男に、自分の今つきあっている恋人の話など、わざわざするとも思えない。

野田は……箕島の気持ちは知らないのだろう。そして一生、気づくこともないのだろう、と思う。

——箕島はそれでいいのだろうか……？

それにしても、ここでも野田の代役か…、と思うと、ちょっと皮肉な気がする。

「箕島とは顔見知りだったよね？　よく一緒に食事にも行くって聞いたけど」

「え、ええ…、まあ、時々ですけど」

さすがに花戸は口ごもりつつ答えた。

やはり野田は、箕島と花戸との関係は知らないようだ。さすがに箕島も言い出しにくいのだろう。

依光は自分と箕島との関係を知っているが、話をふられるのでなければ、自分から他の誰かに言い出すような男でもない。

「実はね…、箕島が今つきあっている女性を紹介してくれるっていうから、かなり楽しみにしてたんだけど」

と、野田がわずかに花戸に身をよせて、内緒話でもするように耳元でこっそりと言った。どこかいたずらっぽい調子で。

「え…、つきあっている女性…、ですか？」

花戸は思わず口に出す。牧野との会話が、一瞬に頭をよぎった。

同じ女性だろうか？　すげーやり手のお姉様って感じの美人――そう、牧野は評していたが。

「そう。あのいいかげんな男がね…」

やはり野田でもそう思うのか、おもしろそうに言って、くすり、と笑う。

「あいつが恋人をわざわざ紹介したいと言ってくるのも初めてなんだよ。だから、かなり本気の相手なんじゃないかと思うんだが。……まあ、おたがいにいい年だしね。キャリアだと、それなりにまわりもうるさいんだろうけど」

それは……そうなのだろう。

だがそんな言葉に、さすがに花戸はあせった。

「でも……それだったら、私が行くのは……」

「ぜひ行って、相手の顔を見てきてほしいんだ。それで、思いきり冷やかしてきてやってほしいんだよ。あいつがのろけたり、照れたりするところってなかなか見られないだろう？」

いかにも楽しげに言われて、花戸は断り切れなくなる。

だがそんな場所に自分が行くのは、やはり気まずい。箕島にしても困るだろう。

未練がある…、などと思われたくはない。嫌がらせをしている、と思われるのも嫌だ。

花戸は無意識に、ぎゅっと拳《こぶし》を握りしめた。

「……それじゃ、依光に予定を聞いて、行けそうでしたら」

わずかに視線をそらし、ようやくそんなふうに答える。やっぱり無理でした、とあとで断ればなんとかなるだろう、と思いながら。

「頼むよ。場所は一緒にメールに入れておくから。箕島も気合いを入れてるみたいで、結構いい店だよ。おごってもらうといい」

野田はそう言うと、よろしく、と穏やかな笑顔で先へ歩いて行った。

唇を噛んでその背中を見送ってから、花戸もようやくのろのろと足を動かす。

ようやく依光の控え室へたどり着き、ノックして中へ入ると、依光はちょうどドラマの衣装から私服に着替え終わるところだった。今日の収録は終了したようだ。

「依光」

「おう、遅かったな」

声をかけると、シャツのボタンをとめながらふり返る。

「すまない…。さっき、二ノ倉とかいう女優を怒らせた。……共演、するんだよな？」

いつになく悄然《しょうぜん》と報告した花戸に、さすがに依光が驚いたように大きく目を見開く。

「二ノ倉さん？　怒らせた？　……えっ、なんで？」

「いや…、ちょっと俺の口の利き方が悪かったみたいで。野田さんが通りかかって、なだめてくれたんだが」

つけ足した言葉に、依光がほっと肩で息をつく。

「そうか…。まあ、それなら」

そしていくぶん難しい顔で顎を撫でた。

「二ノ倉さんとはこれから結構、絡みも多いからな…。今日は俺とはなかったけど、次に会った時まで引きずってるかな…？」

「野田さんが勧めてくれた菓子を、あとで詫《わ》びに送っておくけど」

「そうだな。……まあ、大丈夫だろ。野田さんが入ってくれたんなら」

そんなふうにさっぱりと言われて、花戸もちょっと一息ついた。

思わず喉元に手をやって、ネクタイを緩める。パタン…、とそばのソファに腰を下ろした。

まあ、このへんが他のタレントとマネージャーとの関係とは違って、気安いところなのだろう。普通なら頭からどやしつけられてもおかしくない。

「悪い。おまえもちょっとやりにくくなるよな…」

それでも、完全に自分に非があることは花戸も理解していた。マネージャーがタレントの足を引っ張ってどうするんだ、と自分でも思う。

「いや。けど、花戸…、おまえさ」

依光が腕を組み、じっと花戸を見下ろして静かに口を開いた。

「最近自分がおかしいの、自覚してるか?」

まっすぐに聞かれて、花戸は返事ができなかった。

「箕島さんのことだろ?　何かあったのか?　最近、顔見せないみたいだし。……おまえも会ってるようでもないし」

さすがに依光は気づいていたようだ。何も言わず、あえて聞くこともなく、それでも気にしてくれていたのだろう。昔からそういう男だった。

「別に…。ただ箕島さんは、本当は俺のことが好きなわけじゃないってわかっただけだ」

片手で無意識に額から髪をかき上げるようにして、ため息混じりに花戸は答えた。強いて、たいしたことでもないような口ぶりで。

「好きなわけじゃない？」

依光が怪訝《けげん》そうに、意味がわからないみたいに聞き返してくる。

「……いや、まあ、それなりに好きだったのかもしれないけどな」

そう。それなりに、は。

「ただ、俺だけってわけじゃないし、俺が一番ってわけでもない。……だからどうだって話だけどな……」

結局、自分がそれに満足できなかった、というだけなのかもしれない。

なぜかちょっと笑いそうになる。

それが……我慢できなかったのだろうか、自分は？　ずいぶんと欲張りな話だ。

誰かに一番、と言ってもらえるほど、自分だって強く思ったことなどないくせに。毎晩、男をとり替えるように遊んでいた時期もあるのに。

「おまえはどうなんだよ？」

そんな花戸の横顔をじっと見つめたまま、依光が静かに尋ねてきた。

「おまえは箕島さんのこと、本気じゃなかったのか？」

スパッと、斬りこまれたような気がした。

容赦のない、はぐらかして答えることもできない問い——。

花戸は小さく息を呑んだ。

「それは……」

本気——だったはずはない。そのはずだった。

気楽な、身体と時間とをおたがいに埋め合わせる程度のつきあいで。

——なのに。

「確かに傍目《はため》には、箕島さんの方が押しが強かったみたいに見えたけどな。でも本当に嫌な相手なら、あんなふうにそばに近づけたりはしないだろ？」

冷静に指摘される事実に、花戸は返事のしようがない。

わかっていたようで…、あえて考えないようにしていた事実——。

「おまえもさ…、なくしたくないんなら自分から行動しねぇと」

依光の淡々とした言葉は、おそらく自分の経験でもあるのだろう。

千波との、単なるセックスフレンドだった長い時間。その関係を乗り越えるために、依光は動いたのだ。今の映画の仕事も、花戸をマネージャーに呼ぶことになったのも、めぐりめぐったその結果でもある。

花戸はギュッと、無意識に膝《ひざ》の上で拳を握りしめた。

自分だけが本気になっても仕方がない…、と。そんなふうに思っていた。自分だけが本気になりたくはないから、適当にあしらうようにつきあってきた。

……そのくせ、一番になりたかったんだろうか？

カラダ——だけではなく。

「本当に欲しいモノだったら…、やっぱりそれなりに努力しないと。自分に納得できるくらいにはさ。じゃないと、後悔だけ残る」

依光の言葉が耳に、身体の中に沁《し》みこんでくる。

「わかってても……か……？」

知らず、かすれた声が唇からこぼれ落ちていた。

「自分よりもっと他に好きな相手がいるって……、絶対、その相手には敵わないことがわかってても……？」

「けど、今はおまえとつきあってるんだろ？　二股《ふたまた》、かけられてんのか？　そういう人じゃないと思うけどな」

依光の言葉に、花戸は小さく首をふる。

二股——ではないのだろう。ある意味、もっと始末が悪いが。

「だったら、おまえを一番好きにさせればいいさ」

さらりと言われて、花戸は思わず顔を上げた。

「ど、どうやって……？」

そしてちょっとうろたえるように、尋ねてしまう。

「そりゃ、アプローチはいろいろだろうけど」

依光は無責任に肩をすくめて、そして苦笑した。

「そういう駆け引き、おまえは得意なんじゃなかったのか？　案外、本気になるとダメなのかもしれねぇけどな」

本気――。

その言葉に、なぜか急に恥ずかしく、頬《ほお》が熱くなるような気がした。

たとえ、もし――箕島の気持ちが野田にあるのだとしても。

今、恋人なのは、自分だった。

少しずつでも自分に引っ張ればいい。自分の存在が、あの男の中で一番になるように。

だがそんな勇気が、自分にあるだろうか……？　正面からぶつかるような勇気が。

もうすでに、箕島の気持ちは自分から離れているかもしれないのに。

……新しい恋人を、野田に紹介しようというくらいだ。

それとも、まだ間に合うのだろうか……？　まだ、今なら。

花戸はちらっと無意識に腕時計を見た。

午後の六時半過ぎ。約束は、確か七時半、と言っていた。

――と、ポケットで携帯がメールの着信音を立てる。

「あ。悪い」

そのタイミングにちょっと驚きながら、花戸は携帯をとり出した。

野田からだ。

さっき言っていたケーキ屋の電話番号と、さらに花屋の番号まで。そして今夜、箕島と会う予定の場所。

どうやらホテルの中にあるレストランのようだった。しかもかなりハイクラスのホテルだ。確かに気合いを入れているのかもしれない。

『私が行けなくなったことは、まだ伝えてないから。悪いけど、相手の人にもよろしく』

そして、そんな短いメッセージ。

これで自分が出かけて行ったら、本当に嫌がらせだな……。

と、ちょっと皮肉な思いで笑ってしまう。

だが。

……嫌がらせ、上等じゃないか。

そんな気になってくる。

まだ、箕島とは別れたわけではない。仮にも「恋人」なら、説明してもらう権利くらいあるはずだ。

「野田さん？」

察して尋ねてきた依光に、パチン、と携帯を閉じて、ああ、と花戸はうなずく。

そして、立ち上がった。

「悪い。今日は送らなくていいか？」

依光も、今日はこれで上がりのはずだ。本当は先々の打ち合わせを兼ねて一緒に夕飯を食い、東京での依光の居候先——千波のマンションまで送る予定だった。千波の方が今日は少し遅くなるらしく、それまで時間を有効に使って、ということだったのだ。

「ああ。大丈夫だよ」

にやり、と意味深に笑って依光がうなずいた。

「たまにはおまえから甘えてやれば？　気難しいおまえの相手をあれだけしてくれる人なんて、そうはいないぞ？」

くっ、と喉の奥で笑うように言われて、花戸はじろりと悪友をにらみ上げる。

「バカ」

そんな恥ずかしいことは、絶対にできないが。

そうだ。せめて、俺のやり方で最後に食らわしてやってもいいはずだ——。


花戸が教えられたホテルの、その待ち合わせのロビーに着いたのは、約束の七時半を五分ほどまわった頃だった。さっきの詫びの手配をしていたら、少し遅くなってしまった。

泊まり客にしても、やはりレストランやバーの利用客にしても、落ち着いた雰囲気の男女が行き交っている。

なかば勢いもあって来たものの、だんだんと心臓が痛くなるような気がした。

やめようか…、と何度も足が止まりそうになる。本当に未練たらしい気がして。

それでも、やはり依光に言われたように、自分に納得できなければ後悔するだけなのだろう。田方《たがた》との時のように。

ビジネスユースがメインではないせいか、ロビーも全体にぼんやりとした間接照明の中で、目的の男の顔はなかなか探し出せなかった。

が、それでもようやく、モデル並みに背の高い、プロポーションのいい女性と何か話している男を見つける。こちらに背を向けていたので、女の顔はわからなかった。

いつもより少しシックなスーツ姿で、こんなところで見る箕島はどこか年相応に落ち着いて見える。

もっとも、いつもがおちゃらけ過ぎているのだとも言えるが。

その年齢と、仕事と。キャリアと。そんなものにふさわしく。

相手の女性に合わせているのだろうか……。

そう思うと、少し淋しい気もする。しょせん自分はその程度のものだ、と言われているようで。

後ろ姿でしかないが、ショートボブにカクテルドレスでシャープな雰囲気の女性とは、並んで立っていても見劣りなく、ゴージャスなカップルに見える。

やはり、箕島の選ぶのは一流の人間なのだろう。きっちりと線引きをしているのかもしれない。

遊びでつきあう相手と、結婚を考える相手とは。

花戸は小さく唇を噛み、それでも大きく息を吸いこむと、ゆっくりとそちらへ歩いて行った。

――いい知れない悔しさ、がにじんでくるのは、失いたくないからなのか。本気、だったからだろうか……。

遊びというだけで、終わらせたくなかった。見極めておきたかった。相手の女も。

箕島の目の前で、自分とこの女性と……サシで向き合えるのは、案外、いい機会だったのかもしれない。

……しっぽを巻いて逃げ出すことになるのかもしれなかったが、それでも。

この男にしても、自分との関係を楽しんでいなかったわけではないはずだから。

と、二人の話し声がかすかに聞こえてくる。

「……だから、野田にだって子供時代はあったわけだし。昔はバカみたいな失敗だって、結構してたって」

「でもホントに信じられないわね、あなたと野田さんが親友だなんて」

いかにもな調子で返す女の声。

やはり話題は野田のことのようだ。

それにちょっと花戸も笑ってしまう。誰が見てもそうなのだろう。箕島を知っている者なら。

だがそんな馴れ合ったような雰囲気に、ズキッ…と胸が痛む。

もうそんな軽口が言い合えるくらいの関係なのか――。

「あなたがしたいたずらを全部、野田さんのせいにしてたんじゃないの？」

「ひどいな。俺をそんな男だと思ってたのか？」

箕島が苦笑いして舌を弾いた時だった。

女の肩越しに、花戸と目が合う。瞬間、その目が大きく見開かれた。

「……えっ？　あれっ？　花ちゃん!?」

大きく叫んで一瞬絶句したあと、あせったように声を上げる。

「ど、どうしたのっ？　どうしてここに……？」

咳《せ》きこむように尋ねてきた箕島に、花戸はわずかに腹に力をこめて、ことさら他人行儀な、冷ややかな口調で言った。

「野田さん、仕事で来られなくなったようで。代わりに、と言われて来たんですけど。……おきれいな方とご一緒なんですね。ご紹介いただけますか？」

「あっ、いや、これは違うんだっ！」

そんな花戸の言葉に箕島はあたふたとあたりを見まわすと、あせったように両手をふりまわした。

いったいどちらに何を言い訳しているのかわからない。だが女連れであることを花戸に言い訳するつもりなら、箕島の方にもまだ、花戸とつきあっている、という自覚はあるようだ。

と、横で女ががっかりした声を上げる。

「ええっ？　来られないの？　野田さん」

花戸はそっと息を吸いこんだ。

箕島が結婚を前提に考えている女性——。箕島の社会的な立場を考えると、花戸に勝ち目があるとは思えない。それでも。

花戸は顔を上げ、あらためてその女性と向き合って、……え？　と目を見張った。

見覚えのある顔だった。確か——。

「……九條《くじょう》検事？」

あら、というように、彼女が瞬《まばた》きして、軽く首をかしげた。

「花戸くん？　まあ、ずいぶんひさしぶりね」

九條梨花《りか》——は、東京地検でもかなり有名な女検事だ。美人でやり手で容赦がない。

以前、電車で痴漢にあい、その犯人を捕まえるために自ら囮《おとり》になって十日間、同じ時間で電車に乗りこみその男を確保した、という武勇伝はよく知られている。

確かに、『すげーやり手のお姉様』という人物評に間違いはないが。

……牧野、あいつ、九條検事の顔を知らなかったのか……？

花戸は思わず内心で舌を打った。

弁護士の端くれのくせに、モグリと言われても反論できないところだ。まあ、まだ新人なので、そこまで顔つなぎもできていないのだろうが。民事が中心だった花戸も、直接やり合ったことはないのだが、背任やら横領やらの案件で捜査協力をしたことがあった。

「ご無沙汰《ぶさた》してます」

花戸はあわてて頭を下げた。

……しかし、どうして九條検事が……箕島と一緒に？　この人が箕島の恋人——なのか？

まさか、と思う。いやもちろん、警察官と検事だ。接点がないわけではない。

が、九條は——既婚者なのだ。

夫は確か翻訳家、とか聞いていた。妻と違って、うちにこもるえらく地味な仕事だが、家事はその夫がすべてやっているようで、なんだかんだと夫婦仲はいい——と思われていた。

まさか、検事と警察官で不倫……はないだろう。もちろん公務員の不祥事も相次ぐ乱れた世の中だ。絶対ない、とは言えないが。

「何？　あなたたち、知り合いだったの？」

しかしそんな花戸の混乱にかまわず、九條が二人を見比べるようにして尋ねた。

「あー…、知り合いっていうか」

箕島が頭をかいて口を開いたのに、花戸はわずかに息をつめる。

——どう、説明するつもりだろう？　自分たちの関係を。

しかし気負いもなく、あっさりと箕島は言った。

「恋人なんだよ。今、つきあってて」

「え、そうだったの？　ぜんぜん知らなかったわ」

いやに軽くやりとりされたのに、花戸は思わず声を上げていた。

「箕島さん…！」

いいのか？　と、むしろ花戸の方が心配になるくらいだ。

それに、箕島がひらひらと手をふる。

「大丈夫だって。九條とは飲み友達だから」

あっさりと箕島が言った。

そういえば九條は花戸より二つ上で、つまり箕島とは同い年だ。同期的な気安さがあるのだろうか。

「花戸くんは確か、楢さんのところは辞めたのよね？　びっくりしたわ」

そんな九條の問いに、なぜか箕島が答える。

「今は片山依光のマネージャーをしてるんだよ。俳優の。高校の友達なんだって。……えーと、で、依光くんは今、野田と映画で共演してて」

「ええ。『トータル・ゼロ』よね。私も楽しみにしてるの。……そうなんだ、片山依光の。すごい転身ね」

箕島が要領悪く、野田と依光と花戸とのつながりを説明するが、さすがに九條の飲みこみの方が早かった。

「でも野田さん、来ないのかぁ…。がっかり。ああ…、まあ、ひさしぶりに花戸くんの顔を見られたのはうれしいけど」

つけ足しのように言われて、花戸は苦笑するしかない。

「申し訳ないです」

「別に花戸くんのせいじゃないわよ」

九條が肩をすくめる。そしてちらっと、どこか意味深に花戸と箕島とを見比べた。

「じゃあ、私は今夜はお邪魔ってことよね？」

にっこりほがらかに言われて、花戸はあわてて言った。

「いえ、九條検事ともひさしぶりですし…、その、ご一緒できるんでしたら……」

言いかけて、ようやくおかしい、と花戸も気づく。野田から聞いていたことと、微妙に話が違う。

恋人を紹介する、と箕島は言ったんじゃなかったのだろうか？　これだとまるで立場が逆だ。

しかしそんな花戸の言葉に、ふぅん？　と、いかにもあやしげな目で九條が首をかしげた。

「さっきの箕島のあわてっぷりからすると、なぁんかあるかと思ったんだけどぉ？」

……鋭すぎる。さすがに敏腕検事だ。

わざとらしい口調でねちねち追いつめられ、花戸は視線を落としたまま言葉を続けられない。

「すいません。今日は許してください……」

頭《こうべ》を垂れて、箕島があっさりと白旗を揚げた。

「ま、いいわぁ。せっかく野田さんに会うのにおしゃれしたんだし、ダンナでも呼び出してひさしぶりに一緒に外食するから。……もちろん請求書は箕島に送るからね」

「ひでぇ……！　何それっ？」

箕島が飛び上がるようにわめいた。

こんなふうに箕島が誰かにやりこめられているのを見るのは、なんだか妙に新鮮だ。

「何言ってんのよ？　野田さんに会わせてくれるって約束も当然、持ち越しだから。次、セッティングしといてよねっ」

びし、と人差し指を箕島へ突きつけてそう言うと、あっ、と思いついたように満面の笑みで手をたたいた。

「そうだ。じゃあ、今度は花戸くんも一緒に。ねっ、よかったら依光くんも連れてきてーっ。うわぁ、楽しみだわ～。イイ男四人侍《はべ》らせての食事っ」

うきうきと九條がはしゃいだ声を上げたのに、横でどろどろと箕島がうなる。

「俺も『イイ男』に勘定してもらってるんなら光栄だな…」

「顔だけならねー」

そんな気のおけないやりとりは、どこかちょっと……むずむずする。ただやはり「恋人」という雰囲気ではない。

そういえば、九條検事はこれで結構なミーハーだったな、とようやく花戸も思い出した。若いアイドルのコンサートなどにも、よく行っているらしいのだ。

「――あ、みっちゃん？　ご飯、もう食べちゃった？　出てこられない？　……うん、その予定だったんだけどねー」

今度、絶対よ――と、いつの間にか確定事項となったらしい食事会の念を押し、九條が小さなバッグから携帯をとり出して、ダンナだろう、相手としゃべりながら去っていく。

その切り替えと、テキパキとした行動力はさすがだ。

「……ええと。とりあえず、上、行くか？」

二人して妙に毒気を抜かれた感じでその後ろ姿を見送り、ようやく我に返って、箕島がどこかぎこちなく提案してきた。

上、というのはレストランだろう。

「そうですね。もう予約はしてるんでしょう？　キャンセルすると申し訳ないですからね。ただでさえ、人数は減ってしまったようですから」

淡々とした口調で言いながらも、花戸はじわり…、とにじみ出すような安堵《あんど》が全身に広がるのを感じていた。小さく震えてくるくらいに。

意外と安上がりな自分に泣けてくる。たかが友人に「恋人だ」と紹介されたくらいで。

「九條検事に…、野田さんを紹介する約束でもしてたんですか？」

とりあえずテーブルにつき、コースとワインを選んでから、ようやく花戸は尋ねた。

それに、苦い顔で箕島がうなずく。

「ちょい、仕事で借りを作っちまってなー。あいつにだけは頼りたくなかったぜ…。ハンパなく高くつくんだよなァ…」

ぶつぶつ言ってから、ふと思い出したように花戸の顔を見つめてきた。

「けど、うれしかったな」

にっこりと笑って言われ、花戸はとまどう。

「え？」

「俺が花ちゃんのこと、恋人、って言ったら、いつもなら絶対、ツッコミ入れるだろ？」

そうだ。絶対に否定したはずだった。……今までなら。

返事もできず、花戸はごまかすようにワインのグラスをとる。

「野田、仕事だって？」

箕島は深く追求してこず、さらりと話を変えて渋い顔で確認してきた。

……多分、こんなところが大人なのだろう。おちゃらけているようで、本当は。

花戸が本気で答えられないのを知っているから。嫌がらせのように攻めてくることもあるが、それはたいてい二人だけの時だ。そして、ギリギリのところで必ず、解放してくれる。花戸に逃げ場を作っておいてくれる。

「ああ…、ええ」

花戸は曖昧《あいまい》にうなずいた。

しかし今となっては、それも本当だったのかどうかあやしい気がする。

野田はいったいどういうつもりであんなことを言ったのだろう？　自分をここに来させたかったのだとすると、やっぱり……？

「その……」

花戸が口ごもりながら尋ねようとした時、箕島があぁぁぁ…、とため息ともうなり声ともつかない声を絞り出して、片手で顔を覆った。

「あいつ、まだ怒ってんのかなー。おかげでしばらく、スタジオとかにも出入りできなくてさ…。花ちゃんの迎えにもいけないいし」

そんな言葉に、花戸は一瞬、言葉を失い、目を見開いた。

では、しばらく顔を出さなかったのは……？

「で…出入りできないって…？」

うわずりそうになる声をなんとか抑えて、ようやく冷静に尋ねる。

「今、俺、野田には出禁、食らってんだよー」

アミューズのフルーツのカプレーゼを一口で片づけ、小さなフォークを投げ出すように皿にもどしながら、箕島が肩で大きなため息をつく。

「出禁？」

「うん。スタジオとか、あいつのマンションとかも。まあ、もともとめったに行くわけじゃないんだけど、しばらく顔出すな、って」

「……何をしたんですか？」

あの穏和な野田さんを怒らせるとは。

思わず花戸は男の顔を眺めてしまう。

「いやー、罪もないちょっとしたイタズラだったんだけどなー」

そうは言いながらも、会心のイタズラだったのか、にまにまと箕島の頬のあたりが緩んでいる。

「この間スタジオ行った時さ…、……ああ、ほら、隣で依光くんたちがやってた時」

花戸はハッとした。知らずフォークを持つ指に力がこもる。

あの時――、だろう。

「野田の首にキスマーク、つけてやったの。ここんとこ」

あっさりと言って、箕島は指先で自分の首筋を示してみせる。耳の下あたりだ。

――キスマーク？

花戸は一瞬、言葉を失った。正直、混乱した。

キスマーク？　……というのは、キスとは別のもの……になるのか？　いや、そもそもキスをしなければキスマークもできないわけだが。

「控え室に行ったら、あいつ、出番待ちの間に仮眠しててさ…。いやぁ、ついうっかり」

しかし箕島はまったく悪びれることなく、にこにこと、まるで自慢するみたいに言葉を続ける。

「ついうっかり…、キスマーク、ですか？」

ありえないだろう。

「だって、おもしろいだろ？　木佐さんがソレ、見つけた時の反応を想像するとさー！」

本当にわくわくと楽しそうに、無邪気な子供みたいな満面の笑みで、箕島が力説した。

花戸は男を見つめたまま、しばらく言葉も出なかった。何を言っていいのかもわからない。

信じられない、というか、あきれた、というか。

「だって…、収録前でしょう？　そんな……」

なかばあえぐように、ようやく言葉を押し出す。

木佐どころではない。共演者やスタッフの間で話題沸騰してしまう。

「メイクで隠せるだろ、そのくらい」

が、こともなげに箕島が言う。

「ホントは木佐さんの顔が見たかったんだよなー。まあ、野田の怒りっぷりからすると、かなりネチネチ、いじめられたみたいでさ。案外、嫉妬《しっと》深いから、あのオヤジ」

思い出したのか、くっくっくっ、と本当に楽しそうに笑い声をもらした。

つまり……、木佐監督をおちょくるために？

花戸はもう言葉もなく、ただ呆然と男を見つめてしまう。

「――ん？　何？」

運ばれてきたきれいな三種盛りの前菜をパクパクと口に放《ほう》りこみながら、箕島は手が止まっている花戸を不思議そうに見上げてくる。

「……いえ」

ようやく視線を外して、花戸はつぶやいた。

バカだ…、と思う。自分で泣けてきた。

なによりホッとしてしまっているのが悔しくて。バカバカしいだけに腹が立つ。

「でも…、野田さんは恋人としては完璧な人だと思いますけど」

それでもようやく手を動かしながら、ちょっと探るように尋ねていた。

それに箕島はうーん…、とうなる。

「野田は恋人としてはなぁ…。案外、面倒《めんどう》な男だと思うぞ？　木佐さんくらい年上ならまだしも扱えるんだろうけど」

「面倒…、ですか」

どうやら本気で言っているらしく、しかし花戸にはちょっと感覚的にわからない。常に冷静で、スマートで、大人で。面倒なことなど何もないように思えるが。

まあ、そのへんがつきあいの長さなのだろう。花戸の知らない面もたくさんあるのだろうし。

「野田で遊ぶのはおもしろいんだけどなー」

「遊ぶって…」

そしてあっさりとつけ足された言葉に、花戸は絶句した。

しかも、野田と、ではなく、野田で、というのは。

もしかして野田も、ふだんは自分と同じように箕島にはからかわれているのだろうか？

……まあ、そんなひどいいたずらを仕掛けられるくらいだ。推して知るべきだろう。

「野田さんで遊べるのはあなたくらいですよ……」

そんな花戸のため息混じりの言葉に、箕島がにやりとした。

「そー。それが親友の特権だよな」

――親友。

その言葉が、今は素直に胸に落ちてくる。

「そういえば、箕島さん。私たちのことって、野田さんには……？」

「え？　当然知ってるよ、あいつは。今さらだろ」

こともなげに言われ、花戸はそっと息をついた。

ではやはり、野田は知っていて。あえて自分をここに来させた、というわけだ。

もしかすると、その箕島の「いたずら」に対する報復だったのだろうか？

九條を……知り合いの女性を会わせたい、という箕島の前に自分を引っ張り出して、あせらせるつもりで。

「そうか…、あいつ」

どうやら箕島も感づいたようだった。

花戸が野田に言われるまま、九條を箕島の恋人だと誤解していたら、結構な修羅場…、というか、もちろん、そんな誤解はすぐに解けたのだろうが、箕島としてはかなりややこしい説明をしなくてはいけなくなったはずで。

花戸の前で大汗をかくことになっただろうし、……そう、ちょうど野田が木佐監督の前で必死に言い訳をした――のだろう――のと同じように、だ。

まったく気づかなかった。まさしく役者だ…、と舌を巻くしかない。

ハァ…、と花戸は深いため息をついた。

自分が九條と知り合いでなければ、実際、どんな恥ずかしいことを口走っていたかわからない。そう思うと、あぶないところだった。

「やばかったよなー。なんか、花ちゃん、ここんとこ機嫌悪かったみたいだし。……ああ、でもそういう意味じゃ、今日会えてよかったけど」

ぶつぶつと箕島がつぶやく。

どうやらこの男には「機嫌が悪かった」程度の認識だったらしい。……それも腹が立つが。

「何かあったのか？　話してみろよ。結構、頼りになるよ？　俺」

ん？　と、脳天気に聞いてきた男に、誰のせいだと思ってるんだ…、と内心で花戸はむっつりとうなった。

「……いいんですよ、もう。解決しましたから」

花戸はつっけんどんに答える。

しかし、このもやもやをどこへ発散させればいいんだ？　と理不尽な気がするが。

「でもそういえば…、九條検事にネクタイ、選んでもらったんですか？」

ふと思い出して、花戸は尋ねた。

「え？」

箕島が目をぱちぱちさせて聞き返してくる。確かに、ずいぶん唐突な問いだったのだろう。

それとも、牧野が見たのは別の美人、だったのだろうか？

「牧野が……、覚えてますか？　楢先生の事務所にいる後輩ですけど」

「ああ、この前、カフェで会った。あの若い元気のいいの」

さすがに記憶力はいい。

「あなたが美人にネクタイを選んでもらってるのを見かけたと言ってましたよ。九條検事のことじゃなかったんですか？」

「あー…、あれ」

思い出したように、箕島がうなずく。

「そうそう、九條だけどさー。別に俺が選んでもらってたんじゃなくて、ダンナへのプレゼントを俺で見立ててただけだぞ？　今日のこの打ち合わせをした時にな」

あっさりと答えてから、あっ！　と思いついたように、箕島がパッと顔を輝かせた。

「……え？　ひょっとして、花ちゃん、それで拗《す》ねてた？　俺が美人にネクタイ、選んでもらってるって思って？」

にやにやと、いかにもうれしそうな笑みを浮かべて尋ねてくる。

「違いますよ」

憮然《ぶぜん》と端的に花戸は答えた。

「えー。ホントにぃー？」

まったく信じていない調子で、箕島がしつこく聞き返す。

花戸はむっつりとしたまま、それを無視した。

それは違うのだが……、というか、根本はそこではなかったのだが、しかしそう誤解しているのなら、その方がまだマシかもしれない。

野田とのこと、うんぬんを誤解していたとバレるよりも。

どちらにしても、箕島にとってはうれしそうだったが。

……そう思うと、ちょっと恥ずかしいような気もしてくる。

妬《や》かれて喜ぶ男を見る、というのも。

花戸はグラスのワインを一気に空けると、ウェイターを呼んでリストを頼んだ。

「今日は思いきり飲ませてもらいますから。野田さんからは箕島さんのおごりだと聞いてますし？」

ここしばらくの鬱憤《うっぷん》を晴らすのに、そのくらいはさせてもらってもいいはずだ。

そう宣言した花戸に、えーっ！　とさすがに箕島が抗議の声を上げる。

「や…、そりゃ、九條でそれなりに覚悟はしてたけどさー…。まだ次もあるんだぜぇ…」

そしてしょぼしょぼと情けなさそうな顔でうなった。

「ちゃんと…、家まで送ってもらいますよ」

そんな男の顔を眺めながら、それでも、花戸はなんとか言葉を押し出した。何気ないふりで。

自分としては精いっぱいの言葉だ。

そして箕島も、その意味をしっかりと受けとったのだろう。

ちょっと驚いたように目を見張ってから、口元で小さく微笑む。

「うん。大丈夫だよ」

冷やかしてくることもなく、ただ穏やかな言葉。

花戸はおいしい料理と酒とに心地よく身を任せていた――。

二時間以上かけてコースをゆっくりと終えたあと、タクシーで花戸のマンションへと向かった。

箕島にとっても、すでに馴染んだ場所なのだろう。

少しばかり飲み過ぎて足のおぼつかなくなった花戸を抱え、鍵を花戸から受けとってドアを開けると、引きずるようにしてリビングのソファまで運んでくれる。

「めずらしいな。花ちゃんがそんなに飲むなんて」

言いながら、水をグラスに汲《く》んできてくれる。

「ああ…、すみません」

自分でも少し飲み過ぎたな、と思いながら、花戸はそれを受けとった。

とはいっても、別に悪い酒ではない。はずだ。

なんだろう…？　自分のしていたことが恥ずかしくて、飲まずにはいられない、という気持ちだったのかもしれない。

だが、こんなふうに酔ってでもいなければ……それを理由にしなければ、言えないこともある。

「……どうして……、私なんです……？」

花戸は一気に飲み干した水のグラスをテーブルにおき、どさり…とソファにもたれかかるようにしながら口を開いた。

男の顔も見られないまま、なかば目も閉じて。

「扱いづらいでしょう…？　勝手に怒って…、愛想もなくて……」

「どうしてなんだろうねえ」

それに箕島がのんびりとした調子で答えた。

指先が額に触れ、優しく前髪がかき上げられる気配に、びくっと身体が震える。それでも酔ったふりで、ソファの角に身体を預けたまま、花戸は頑《かたく》なに目を閉じていた。

「捜査対象に上がってきて、遠くから見てる時はちょっと気になってるくらいだったんだけど」

言いながら、男の指がそっと花戸のネクタイを解《ほど》き始める。

キュッ…、とかすかに布のすれる音に少し緊張する。するり…、と手際よく引き抜かれ、喉元のボタンも外されて。

花戸は無意識につめていた息をそっと吐いた。

「見てて気持ちがいいくらい潔くてね。こっちが捜査してることなんて、知らなかったんだろう？でも君はすっぱり仕事を辞めて、あの男とも別れた」

——前の男と、だ。

シャツのボタンが順番に外され、そっと前をはだけさせるように指先が肌を撫でてくる。

「冷たいだけですよ……」

花戸はつぶやくように言って、身体の内におこった熱を逃がすように小さく呼吸する。

「しかも思い切れなくて……毎晩、違う男と遊んでましたしね……」

ぎゅっと、胸の奥が苦しくなる。

それを、箕島は知っているのに――。

そんな花戸の頬をさらりと撫でて、箕島が静かに耳元でささやいた。

「それは君が優しいからだよ」

花戸はわずかに息を呑む。その声がじわり、と身体の奥に落ちてくる。

ふいに泣きそうになった花戸に、箕島がちゅっ、と軽くこめかみに唇をあて、いつもの……ちょっとからかうような調子で続けた。

「意地っ張りでカワイイし。ツンツンしてるとこも好きだよ？」

そんな言葉が恥ずかしくて、花戸は無意識に顔を背ける。

「あ…っ…」

そっと、意味ありげに男の指が胸を撫で下ろし、指先で小さな芽が遊ばれて、思わず上ずった声がこぼれてしまう。指の腹で押しつぶされ、摘《つま》み上げられて、あっという間に乳首が硬く芯《しん》を立てる。

やわらかな吐息が頬にあたり、首筋から鎖骨のあたりがやわらかくなめ上げられた。手のひらが胸から脇腹《わきばら》を撫で、舌先がつっつっつくようにして乳首をなぶってくる。

「んっ……ん……」

ざわっと皮膚の下で細胞が震えるような感覚に、花戸はたまらず身をよじった。

反射的に突き放そうとした腕が優しく押さえこまれ、さらに執拗《しつよう》に小さな粒がいじめられる。唾液《だえき》を絡みつけるように舌先でなめまわし、軽く歯を立てて甘噛みされて。

「今日は花ちゃんが妬いてくれてうれしいな」

「……っ……――だから…、違いますって…っ…」

濡れてさらに敏感になってしまった乳首が指先でいじられ、うなじのあたりが指先で撫で上げられて、必死にあえぎをかみ殺しながら花戸は否定したが、箕島は信じていないのだろう。

そして実際のところ、間違ってもいない、のだ。……妬いていた相手が違うだけで。

――決して、敵わない相手だと思っていた……。

「大丈夫。俺は花ちゃんにめろめろだから」

そんな調子のいい言葉に、身体の奥が熱くなる。

「ベッド、行く？」

こっそりと、内緒話でもするように耳元でささやかれて。それがよけい、そのあとの淫靡《いんび》な行為を想像させる。

男の手が下肢へ伸び、手際よくベルトを外すと中心へすべりこんできた。

「ふ…っ、あ……っ」

すでに頭をもたげていたモノが男の手の中で握られ、軽くしごき上げられて、花戸はびくっと身体を震わせる。

「ここでもいいよ？　激しいのがいい？」

優しいふりで意地悪く聞かれて。

花戸はとっさに首をふった。

「優しく……してください……。今日は……」

ただいっぱいに優しく。甘やかしてほしい——。

「いいよ。なんでも…、望むことをしてあげるから」

そんな声に、とろり…と身体の内側で熱が溶ける。

ソファへ片膝をのせ、両腕で花戸を囲うように男が上体を近づけてくる。指先がさらりと頬を撫で、顎がとられて。

「ん……」

しっとりと唇が重ねられた。決して性急ではなく、舌先が唇をなめ、薄く開いた隙間から入りこんできて、やわらかく舌が絡められる。

何度も、たっぷりと味わうようにキスされてから、小さな子供を抱き上げるように両腕で身体が持ち上げられた。

手を引かれるように隣の部屋へ移り、薄暗い寝室のベッドへ倒れこむ。なかば脱げかけていたズボンを思い切って下着と一緒に自分で落とし、そっと男の様子をうかがう。

いつになく積極的な花戸に男がちらっと笑い、褒めるように髪が撫でられた。

「上は着たままでいいよ。俺が脱がしてあげるから」

そんな言葉が恥ずかしく、花戸はベッドへ顔を伏せる。

すぐそばでゆっくりと箕島が服を脱いでいく気配がする。それを待つ時間がたまらない。

ようやくわずかにベッドが沈み、男の指が背中からシャツの襟を軽く引っ張って、片方の肩をあらわにした。

首筋から肩へと舌が這《は》わされ、そのやわらかな感触に息がもれる。それだけで肌が震え、急くように身体がしなってしまう。

「あ……」

片方だけ袖《そで》が抜かれ、ついばむようにして背筋を唇にたどられた。

わずかに腰が持ち上げられ、足が開かされて。肩に、背中に、そして腰にキスを落としながら、男の手のひらが脇腹から前へとまわりこんでくる。

両方の手で胸が撫で上げられ、指先で硬くとがった芽が摘まれて刺激が与えられる。鋭い痛みと、じん…、と疼《うず》くような痺《しび》れが肌に沁みこむ。

片方の手がゆっくりと下肢へすべり落ちて、足のつけ根からやわらかな内腿《うちもも》を愛撫《あいぶ》した。

「あぁ……っ…、あ……」

指先にツッ…、と自分の中心がなぞられ、それがすでに恥ずかしく立ち上がっていることを教えられる。胸に触れられただけなのに。

先端が指でもまれると、とろり…とこらえきれず蜜《みつ》がこぼれ、男の手を濡らしてしまう。

「んん…っ、……あっ……あぁぁ……っ」

手の中で強弱をつけてしごかれながら、男のもう片方の指が花戸の腰の谷間を押し開いた。

「――あ…っ…、やめ……っ」

吹きかけられた吐息にようやくそれに気づき、たまらず花戸は身をすくませる。

が、反射的に逃れようとした腰は、がっしりと男の手につかまれた。両手で腰が押さえこまれ、指先で恥ずかしい部分が容赦なく押し開かれる。

「すごい……、ヒクヒクしてる」

つぶやくように言われて、カーッ、と一気に頬が熱くなる。

「あぁぁぁぁ…………っ！」

ぴちゃり…、とそこに濡れた感触が触れた瞬間、花戸は腰を跳ね上げた。

しかしさらに強く固定されると、執拗に舌先がその部分をなめ上げてくる。たっぷりと唾液が送りこまれ、濡らされていく。

「あぁ…っ、あぁぁ……っ」

甘い刺激に抗しきれず、花戸はもがくように腕を伸ばし、夢中で腰をふり立てていた。

男の舌の動きに合わせて、自分の襞《ひだ》が絡みつくように動いてしまうのがわかってたまらなくなる。

ちゅっ、と音を立てていったん口を離すと、箕島は今度はその部分に指先を押しあてた。唾液に濡れてやわらかく溶けた入り口に指を沈め、焦《じ》らすように浅くかきまわす。

「――ふ……、あぁっ……、あぁっ…あぁぁ……っ」

花戸は夢中でシーツを引きつかみ、何か口走りそうになる自分を必死にこらえる。目には涙がにじみ、こぼれ落ちた唾液が枕《まくら》をしっとりと濡らしていた。

しかし指と舌で丹念に愛撫が繰り返され、ずるり、と一本、深く差し入れられた瞬間、堰《せき》が崩れるように花戸は高い声を放ってしまう。

「あぁ……っ、いい……っ！」

頭の芯が痺れるような快感だった。

すぐに指は二本に増やされ、えぐるように奥を突き上げると、馴染ませるようにして何度も抜き差しされる。

「……は……あぁ…っ、あぁあっ……あ……ん……っ」

全身を満たしていく快感に溺《おぼ》れそうになる。触れられないままに、自分の前がポタポタと蜜をこぼしているのがわかる。

無意識にそれに手を伸ばしそうとした時、ふいに男の指が抜きとられた。

「やっ……」

そのまま溶けきった腰が大きく押し開かれ、再び舌の愛撫に晒《さら》される。

恥ずかしく濡れた音が耳について、花戸はシーツを引きつかみ、ぎゅっと目を閉じて身体の奥にうねる波をこらえた。

だが男の指も舌も、入り口のあたりを浅くなぶるばかりでそれ以上、奥へは来てくれなくて。

中を直にこすり上げられた甘い余韻に、身体の芯が疼く。それをあざ笑うように指が一本だけ差しこまれ、中を大きくかきまわしてからすぐに出て行ってしまう。

「み…しま…さん……っ、箕島さん……っ、――なか……っ…!」

どうしようもなく、花戸はそんな言葉でねだっていた。

腰のてっぺんに軽くキスしてから、くすくすと男が笑う。

「指が欲しいの？　俺のじゃ、ダメ？」

硬く熱いモノをそこに押しつけられながら意地悪く聞かれ、花戸は小さく唇を噛んだ。

それでも腰が揺れるのが止められない。男の目の前に恥ずかしく突き出し、もの欲しげにふり乱してしまう。

「……早く……っ、……ください……っ」

なかばシーツに顔を埋《うず》めたまま、絞り出すように花戸はうめいた。

「入れるね…」

さすがに切羽詰まった声が背中に落ちる。

そこを押し開くようにして、グッ…と熱いモノが奥まで入りこんでくる。ドクドク…、とその脈動が肌に沁みこんでくるようだった。

「んっ…、あ……あぁ……っ」

指とは違う大きさと熱に、身体の奥で何かが突き崩されていく。きつく腰がつかまれたまま、何度も出し入れされ、奥までこすり上げられる熱に頭が真っ白になる。

「あぁぁ…っ、いい……っ……――いい……っ…！」

何度も何度も深く突き上げられ、腰を高く掲げたまま、花戸は夢中になってそれを味わった。

もう自分が何を口走っているのかもわからない。

自分の中心はすでに腹につきそうなほどに反り返り、花戸はたまらず手を伸ばして慰め始める。

が、すぐにその手は引きはがされ、男の手で愛撫された。

「ひ……あ…ぁ………っ」

とくっ…と、と溢《あふ》れ出した精液が糸を引くようにして男の指に拭いとられ、先端がきつくなぶられて、意識が飛びそうになる。

「瑛《あきら》…、好きだよ」

ふいに、優しい、かすれた声が耳元に落ちて。

「あ……」

目の前が真っ赤に染まった。ぎゅっと、無意識に中の男を締めつけてしまう。

「好きだよ……」

「あぁ……っ、あぁぁ……っ」

その声だけで、その言葉だけでたまらないほど感じて身体が震える。腰が揺れるのが抑えられない。

「好きだよ……。愛してる」

何度も、いっぱい浴びせられる。体中……一番奥まで。

「愛してる…、瑛」

息ができないほどの快感だった。

「すごい…、感じてるね」

その締めつけの激しさにだろう、低くうめいて、箕島が吐息だけで笑った。

「もっと言ってほしい……？」

恥ずかしくて、たまらなくて。

――それでも。

「もっと……もっと……いっぱい言って……っ…――は…ぁ……っ」

もっと欲しい。いっぱい、体中を満たすほど言ってほしい。

「好きなだけ……言ってあげるよ」

指先がうなじ髪を撫で、背筋を撫で下ろす。

そしていきなり身体を離すと、花戸の身体をひっくり返した。

「み…しま…さ……――あぁ……っ！」

かろうじて片袖が引っかかっていたシャツが脱げ、固くつながっていたモノがずるりと抜け落ちる。

大きく身体が揺さぶられて、一気に弾けてしまいそうになる。

薄暗い中、目の前に大きく男の顔が迫って、花戸は潤んだ目で男を見上げた。

ダメだ。こんなところでやめられたら、とてもおさまらない――。

熱く湿った男の手が花戸の頬を撫で、額を撫で、そして熱い眼差《まなざ》しがじっと見つめてくる。

「君からキスして？　いい子だから」

かすれた声で、子供をなだめるみたいに言われて。

花戸はわずかに息を呑んだ。

そうだ…。自分から……したことはなかったのだろう。

いつも、受け入れるだけで。押し切られているだけ、というポーズで。

自分だって欲しいくせに――。

花戸はそっと、重い腕を伸ばした。

男の髪に触れ、うなじのあたりへ指を這わすと、ぐっと力をこめて引きよせる。

吐息が触れ、唇が触れた。

男の腕が強く花戸の背中を抱きよせる。舌が絡み、味わい、おたがいに深く奪い合ってから、ようやく離す。

「愛してるよ……」

その言葉が肌から身体の奥底まで沁みこんでくる。

手のひらで包みこむように頬が撫でられ、もう一度深く、唇が重ねられた。

密着した身体の間で、おたがいのモノがこすれ合う。

花戸は無意識に男の中心に手を伸ばし、ねだるようにそれを握ってしまう。手の中の男が、たまらなく欲しかった。

「……うん。君のだからね」

箕島は小さく笑うと、花戸の膝に手をかけ、大きく開かせた。

そっと息を吐き、目を閉じた次の瞬間、身体の奥に男の熱が打ちこまれる。

「――ふ……、あぁぁ……っ……！」

花戸は夢中で男の肩に腕を伸ばし、その身体を引きよせるようにして腰に足を絡みつけた。背中に爪《つめ》を立て、きつくしがみつく。

「あぁっ…あぁっ……あぁぁぁ…………っ！」

激しく揺すり上げられ、何度も突き上げられる。

もう腰から下の感覚はなく、ただ熱い波に溺れていく。

「愛してる……、瑛。愛してるから……」

繰り返し与えられるその声を全身に感じながら、花戸は与えられる快感に酔い、狂い、すべてを手放していた――。

「あれー、箕島さん。ひさしぶりですねー！」

週明け――。

その日の収録が終わる頃を見計らってスタジオへ入った花戸は、その玄関口付近でうっかり箕島と会ってしまい、仕方なく一緒に依光の楽屋まで来ていた。

依光とは本当にひさしぶりなのだろう、箕島の姿にうれしそうな声を上げる。

そしてちらっ、と花戸に意味ありげな視線をよこしたのは、仲直りしたのか？　と言いたいのだろう。花戸は気がつかないふりで無視したが。

「うん。ようやく解禁になったから」

ハー…、と大きなため息をついて、やれやれ…、と箕島がソファの背に両手をつく。

「解禁？」

首をかしげた依光に、横から花戸があきれた調子で言ってやる。

「野田さんに出禁、食らってたんだと」

「野田さんにですか？　何したんです？」

「いや、ちょっと」

言葉を濁して、ハハハ…、と箕島が頭をかく。

やはり依光の前で、木佐の話は基本的にＮＧだ。というか、実の父親の寝室での話など、あまり聞きたいものではないだろう。

「花戸が淋しそうにしてましたよ」

「依光っ」

何気ない調子でさらっと言った悪友に、花戸は思わず噛みついた。

「適当なことを言うな」

しかし依光は腕を組んでにやにやするだけで。

箕島がそれにうーん、とうなるように言った。

「俺もすっごい心配だったんだよー。ゲーノーカイってやっぱりイイ男が多いわりだろ？　野田のことだって、花ちゃん、ずいぶん好きみたいだしさー」

……いや、確かに嫌いではないが、気にしていたのはそういうことではない。

が、もちろん、そんなことを口にするつもりもない。

「いつ他の男にちょっかいかけられるかと思うとさー。……どっかの遊び人の俳優とかに飲みに誘われたりしてない？　プロデューサーとかさ」

本気なのかどうなのか、顔をのぞきこむようにして尋ねてくる。

花戸は軽く鼻を鳴らした。

「別に顔でなびくわけじゃありませんよ」

「じゃ、俺は？　どこになびいてくれたの？」

「……なびいた記憶がありません」

「えーっ。じゃあ、一目惚《ひとめぼ》れっ？」

ハァ…、と花戸はわざとらしいため息をついた。

「どこまで前向きなんですか…」

「え？　だって後ろ向きに歩いてると転ぶよ？」

とぼけた調子で返されて、花戸はさらに深いため息をついた。

「真理だなあ…」

しかし横で依光が感心したようになっている。

「調子に乗せるなよ」

花戸はむっつりと言った。どうせ深い考えもないに決まっているのだ。

「でもよかったですよ。箕島さん、また顔出すようになってくれて」

「……まったくよくないぞ」

依光がしみじみ言ったのに、花戸は横から口を出す。

生産性もなく、邪魔なだけだ。

「うん。仕事がつまってない時はできるだけね。大きな事件になると、マジ、カンヅメみたいになるから。花ちゃんに淋しい思いはさせたくないしね」

しかしそんな花戸の言葉もまるで聞こえていないように、二人とも見事にスルーして会話を続けている。

「あー。一緒にいる時間が長くないとダメなんですよねー…。花戸ってしっかりしてるけど、意外と甘えただから――いてっ…！」

「誰がだっ！」

叫ぶと同時に手が出ていた。

まったく、コレだから古い友達は始末に負えない。

「うん。知ってるよ」

「箕島さん！」

ひょうひょうと答えた箕島を、花戸は思わずふり返ってにらみつけた。

が、やわらかく微笑むように見つめ返してきた眼差しに、反射的に視線をそらしてしまう。

妙に気恥ずかしくて……耳が熱くなるようだった。

親友と恋人の共闘は、かなりうっとうしい。

……もしかするとこれは、自分も野田と共闘した方がいいんだろうか？

ふと、そんなことを考えてしまう。

一度じっくり、野田とは話してみる必要がありそうだ。

と、その時、コンコン、とせわしなくドアがノックされ、若い声がドア越しに呼びかけてくる。

「片山さーん！　お願いします！」

すぐ行きます、とそれに応《こた》え、依光がふり返った。

「行ってくるわ」

どうやら、まだ収録は続いているようだ。着ているのも衣装——だったのだろう。そういえば、私服では見たことのないスーツだ。

「まだかかりそうなのか？」

「いや。俺はあと1シーン。——あ、そういや、二ノ倉さん、さっき会ったんだけどえらく機嫌よくてさ、礼まで言ってきてたぞ？」

「あ…、大丈夫だったか？」

ようやく思い出して、花戸もあらためて確認してしまう。

「ああ。気が利くのね、って褒めてた。丁寧な詫び状もつけたんだって？」

そう、花を注文した時、メッセージもつけて頼んだのだ。

「よかったよ…」

さすがに花戸もホッとした。

そして思い出して、とりあえず言うべきことを言っておく。

「……そうだ。軽めのコート、買っておいたから。マスクとな。喉、気をつけろよ。京都の、無理して受けたから、このあとはちょっと強行だぞ？　終わったらすぐ出るからな」

了解、と苦笑いするように片手を上げて控え室を出る依光に、いってらっしゃい～、と暢気《のんき》に箕島が手をふって送り出した。

大女優のご機嫌が直ったのは、ケーキかバラの花か。いずれにしても、野田のおかげだ。あとで礼を言いに行こう、と思う。

……その時に、箕島の弱みとか、ひょっとして聞くこともできるだろうか？

「あー、花ちゃん。なんか企《たくら》んでるみたいな目をしてる」

無意識に男を横目にしていた花戸に、センサーが働いたのか、箕島が眉間《みけん》に皺《しわ》をよせてうかがってきた。

「なんでもありませんよ」

つん、とそっぽを向き、花戸は仕事のメールをチェックしようと、ソファに腰を下ろしてカバンからモバイルをとり出した。

「あやしい……。二ノ倉って二ノ倉水絵？　あーゆーのが趣味なのー？」

そしていかにも不満そうに唇をとがらせて、花戸の背中から肩に顎をすりよせて尋ねてくる。

「別に趣味じゃありません」

聞かれたら、またどやされそうだが。

「依光くんとも仲良しすぎるしぃ」

「……は？」

しかしつけ足された言葉に、花戸は思わず男をふり返った。

「身のまわりのこと、全部してあげてるじゃん。ものすごい朝早くからでも送り迎えしてるし」

「それがマネージャーの仕事でしょう」

そういえば、朝方、箕島を部屋において依光の迎えに出たこともあったが。

花戸はうんざりとため息をついた。

そんなことに拗ねていたのだろうか？　……それとも。

この男も、自分と依光とのことを疑ったことがあるのだろうか……？

確かに箕島が野田と会っている時間より、自分と依光とが一緒の時間の方が遥《はる》かに長いわけだ。

そう思うと、ちょっとおかしくなる。と同時に、なぜか胸が軽くなった気がした。

「ダメだよ？　もし依光くんの仕事をちらつかされてもプロデューサーとかについてっちゃ」

「ないですって」

誘拐魔にお菓子で釣られる子供じゃあるまいし。

あきれながら、花戸はモバイルの電源を入れる。

「俺にしとけよ。スクリーンの中の男より、俺の方がずっと実用的だから」

後ろから耳のあたりに唇を押しあて、妙にマジメな口調で言われて、花戸はちょっと苦笑した。

「まぁ…、確かにそうですね」

それは認めてやってもいい。現実にそばにいてくれる男は、少々うっとうしくても触れるとちゃんと温かくて。迷っても、ぶつかれば必ず答えを返してくれる。

俳優が演じる、理想通りの男じゃないにしても。

……いや、だからいいのだろう。誰も演じることのできない、代役のいない、現実の男――。

「大丈夫ですよ。私は面食いでもないですし。意外性のあるキャラも、まあ、嫌いじゃないですし」

メールソフトを立ち上げてから、花戸は再び何気ない様子で肩越しに男をふり返る。

肩に懐くようにしていた男と、吐息が触れるほど近くで目が合って。

「実用性は、とても買ってますから」

さらりとそう言うと、花戸はすっと身体を伸ばし、男の口元にキス、してやる。ほんの軽く。

「――えっ？」

花戸からそんなことをするとは思ってもいなかったのだろう。

箕島が大きく目を見開いて、ソファの後ろで飛び上がる。

「は、花ちゃんっ!?　どうしたのっ？　ねえっ？」

妙におろおろと、あせった男の声を頭の上に聞きながら、花戸はどこか楽しい気分で仕事を始めた

――。

end.

あとがき

こんにちは。新年一冊目の本になります。一月から本が出るのはなんとなくめずらしいような。なんだか働き者になった気がします（……気のせい）。

さて。雑誌掲載からちょっと時間をとってしまいましたが、俳優さんたちのシリーズの3カップルめ。なのですが、すでに芸能界から遠ざかっているような。マネージャーとなぜか警察官僚でした。ちょっとおとなめなカップルでしょうか。このシリーズは全般的にしっかりおとなのキャラが多くて、……もしかして、一番オヤジな監督が一番ガキっぽいですか(笑)。一冊目から出てきている花《はな》ちゃんはとてもしっかり者のイメージがあったのですが、案外、ふりまわされてますね。というか、箕島《みしま》相手だと本当に「花ちゃん」という感じに可愛くなるのかな。個人的にはとてもしっくりいっている感じで、書きやすい二人です。

そういえば、このお話の冒頭の試写会に箕島くんが顔を出しているのは、監督が「フォーカス」の時の約束を守ってちゃんと招待してあげたらしいです。野田《のだ》くん経由だとは思いますが。監督と箕島は案外いい勝負……になるのかどうかはわかりませんが、今回の書き下ろし分の方で箕島のした「イタズラ」のおかげで、野田くんはかなり監督にいじめられたんじゃないかと。気の毒…。

　さらにそういえば、雑誌掲載時に校正さんから「カツ丼は出ません」というようなチェックが入ったのですが。……はい。それはもちろんそうだと思いますが(笑)ええと…、おわかりとは思いますが、もちろん箕島くんの軽口ですので。でもあとで食堂で箕島がおごってあげたんだと思います。……警視庁の食堂ってカツ丼、あるのかしら？　食べに行きたい……。

　このシリーズも、春頃には次のハリウッドな二人のお話が出るのではないかと思います。こちらは監督と俳優ですので、正真正銘、映画関係の話ですね。私的には、実は初の外国人同士のカップルです（ファンタジーをのぞいて、ですが）。同じ監督と俳優というカップリングでも、「ファイナルカット」とはかなり違った雰囲気の二人ですので、また見てやっていただければと思います。

　シリーズのイラストをいただいております水名瀬《みなせ》雅良《まさら》さんには、本当にありがとうございました。雑誌の際の見開きカラーもとても雰囲気があって、カッコイイ箕島と美人な花《はな》戸《こ》ちゃんだったのですが、今回も楽しみにしております。

　さらに相変わらず編集さんにもお手数をおかけしておりますが、今年はなんとかもう少し（少し？）テキパキとっ、追いついていきたいと思います。よろしくお願いいたします。

そして、こちらの本を手にとっていただきました皆様にも、本当にありがとうございました！　日常の合間ににやにやと、少しでもお楽しみいただけばうれしいです。


今年はリンクスの方でも前半、わりととんとんと単行本も出していただけるようです。……た、多分、出るはず。去年少なかった分、今年はちょっと多いのかな（あくまで予定。出なかった時には一二〇％私の責任ですので……げふごふっ）。来月には別のシリーズですが、「ルール」の方も刊行予定ですし。シリーズじゃなくて連月はめずらしいですね。それにしても、カタカナのタイトルばっかり…。うーん。ちょっと考えないと。

ともあれ、後半も失速しないようにがんばりたいと思います。そういえば、イベントの時に誕生日の近いお友達から「占いだと今年はすごいいそがしい一年らしいよ…」と脅されました。……しかしまあ、ヒマよりはありがたいことです。雑誌の方では、新しくオヤジのシリーズもスタートすることになっておりますので、同志の皆様(笑)にはちょこっと見てやっていただければと思います。いろんなオヤジをとりそろえられればなぁ…、と妄想しておりますよ。ふふふ…。

そんな感じで新しい一年が始まりましたが、どうか今年もまた、懲りずによろしくおつきあいくださいませ。

それでは、またお目にかかれますように――。

1月　年明けうどん、食べましたよっ。

水壬楓子《みなみふうこ》

LYNX ROMANCE

ラブシーン

水壬楓子 illust. 水名瀬雅良

898円（本体価格855円）

人気俳優・瀬野千波と、時代劇役者の片山依光は同居人兼セックスフレンド。二人の関係は、つきあっていた男に千波が手酷く捨てられた6年前から続いている。甘やかしてくれる依光を本当の恋人のように思えることもあるが、失恋の傷は深く、千波は本気の恋を恐れていた。そんな折、千波に映画出演の話が舞いこむ。好きな監督の作品だったので喜んで出演を決めた千波だが、千波を捨てた男・谷脇も出演が決まっていて――!?

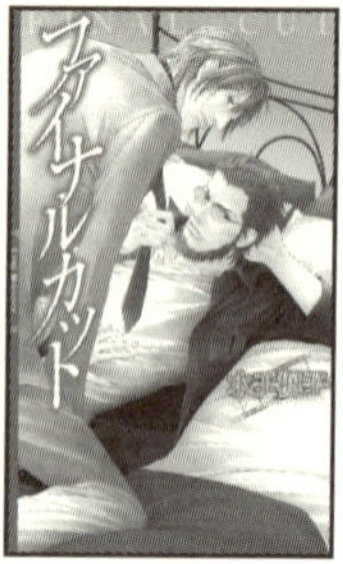

LYNX ROMANCE

ファイナルカット

水壬楓子 illust. 水名瀬雅良

898円（本体価格855円）

硬質な美貌と洗練された物腰から「クールノーブル」の異名を持つ俳優の野田司は、鬼才と謳われる映画監督・木佐と身体の関係にある。始まりは6年前、木佐の作品に野田が抜擢されたのがきっかけだった。木佐の才能に心酔し、いつしか心までも奪われていた野田。望むのは、いつか来るだろう木佐との別れが少しでも先であってほしいだけ…。恋人ではなく、奔放な木佐のきまぐれで抱かれることに満足していたはずだったが――。

LYNX ROMANCE

クランクイン

水壬楓子 illust. 水名瀬雅良

898円（本体価格855円）

暴行、拉致、監禁――スキャンダラスな事件の被害者となった俳優の瀬野千波は、日本を離れてアメリカで演劇を続けていた。完全に立ち直るまでは会えない――そう心に決め、恋人である時代劇役者の片山依光と会わないまま約2年。ところが映画の準主役に抜擢され砂漠での撮影が進む中、突然依光がやってきて…!? 傲慢な映画監督・木佐と美貌の人気俳優・野田の掌編も収録。

LYNX ROMANCE

エスコート

水壬楓子 illust. 佐々木久美子

898円（本体価格855円）

「こんな男のガードにつくのか?」時間に遅れて現れた依頼人に、ユカリは息を飲んだ。人材派遣会社『エスコート』のボディガードセクションに所属するユカリは、クリスマス・イブに莫大な遺産を継ぐ志岐由柾という男の護衛に任命された。初めての大きな仕事に気合十分なユカリだったが、ユカリを子供扱いする、ぞんざいで非協力的な態度の志岐に不安と反感を抱く。遺産相続日までの二週間、二人は生活をともにするのだが――!?

LYNX ROMANCE

ディール

水壬楓子　illust. 佐々木久美子

898円
(本体価格855円)

人材派遣会社『エスコート』で秘書を務める19歳の律は、ボディガード部門のトップ・ガードである延清と暮らしている。しかし、数えきれないほど抱かれていても、延清は「恋人」ではなく、「飼い主」だった。出会いは9ヵ月前。公園の片隅、見知らぬ男たちに襲われていた律を、身体を取引材料として延清が気まぐれに助けた日から、二人の関係は始まり——。『エスコート』シリーズ第二弾!!

LYNX ROMANCE

ミステイク

水壬楓子　illust. 佐々木久美子

898円
(本体価格855円)

人材派遣会社『エスコート』のボディガード部門に所属する真城は、派遣先でかつての後輩・清家と再会し、その美貌を歪ませる。5年前——SPだった真城は、恋人だった上司の男から突然「結婚」という裏切りを受け、当てつけに清家を誘った。しかし、ひたむきな清家の想いを利用したことが心苦しく、清家の前から姿を消したのだ。再会の夜、清家の冷たい眼差しに胸を痛める真城に、清家はむさぼるようなキスを仕掛けてきて…。

LYNX ROMANCE

フィフス

水壬楓子　illust. 佐々木久美子

898円
(本体価格855円)

人材派遣会社『エスコート』のオーナーである榎本のもとに、新しい依頼人から電話が入る。相手は衆議院議員の門真巽。彼はボディガードを依頼し、さらにそのガードを同行させるプライベートな旅行に榎本を誘う。実は榎本と門真は、十七年前、榎本が中学生の時にある取引をし、月に一度、身体を重ねる関係だった。旅行に誘われたのは初めてで、二人の関係の微妙な変化にとまどいを覚えながらも、榎本は門真の誘いを受けるが!?

LYNX ROMANCE

クラッシュ

水壬楓子　illust. 佐々木久美子

898円
(本体価格855円)

悪夢は土曜の夜に始まった——。警視庁勤務の夏目高臣は、仕事も恋愛も思いのままのキャリア官僚。週末に出向いたクラブで出会った、好みの青年・侑生と一夜を共にする。——が、抱くつもりだった思惑とは逆に、武道に長けた侑生に力ずくで押さえこまれ、抱かれてしまう。強引に「初体験」をさせられ、屈辱と怒りに歯がみする夏目。その上、侑生がまだ高校生と知らされた挙げ句、脅されてマンションに住み着かれ…!?

LYNX ROMANCE

リミット

水壬楓子　illust. 佐々木久美子

898円
(本体価格855円)

人材派遣会社『エスコート』のボディガード部門に付随する調査部所属の柏木由惟は、二年前まで優秀なガードだった。だが、ある任務で相棒の名瀬良太郎を銃弾からかばい、足の自由を失ってしまう。以来、良太郎は献身的に由惟に尽くし、いつしか世話の一環とばかりに由惟を抱くようになる。ずっと良太郎に想いを寄せていた由惟は悦びを感じるほどに後ろめたさが募り、良太郎を自分から解放してやろうと別れを決意しているが…。

LYNX ROMANCE

スキャンダル

水壬楓子　illust. 高座朗

898円
(本体価格855円)

養護施設で孤独に暮らしていた中野佑士は、セックスの相手をするかわりに不自由のない生活を手に入れる——そんな取引で代議士・秋津祥彰の養子となった。無垢な身体を開かれ蹂躙されながらも、どこかやさしい祥彰の腕に佑士の心は癒されていく。祥彰との生活にも馴染み始めていたある時、佑士は祥彰の政敵に誘拐されてしまう。見知らぬ男達から輪姦・陵辱され、佑士は祥彰の政治生命を断つために嘘の証言を迫られるが…。

LYNX ROMANCE

リスク

水壬楓子　illust. 高座朗

898円
(本体価格855円)

捜査二課に身を置く城島高由は、政財界に影響力を持つ政治家の久賀清匡と8年前から身体の関係を持っていた。愛されている実感も持てない愛人という立場——進展のない二人の関係に心痛を覚え始めた城島は、誘われるがまま、上司でキャリアの管理官・高森一穂を抱いてしまう。その後も誘いを受け、好意を向けられるが、片時も久賀のことが頭から離れずにいた。そんな中、城島は久賀が他の男を抱いたことを知ってしまい——!?

LYNX ROMANCE

コルセーア 上 下

水壬楓子　illust. 御園えりい

898円
(本体価格855円)

モレア海を制する海賊・プレヴェーサで参謀を務める硬質な美貌のカナーレは、視力を失った蒼い瞳の奥に凄惨な過去を秘めていた。ある日、某国から使者が訪れたことで、自分の過去に周囲を巻き込む不安が募り、カナーレは下船を決意する。しかし寄港地で船を降りた彼は、プレヴェーサの艦隊司令官であるアヤースに見とがめられ、連れ戻されてしまう。以来、カナーレを逃そうとしないアヤースに夜ごと抱かれるようになり——。

水壬楓子
コルセーア
〜風の暗殺者〜

水壬楓子
コルセーア

水壬楓子
コルセーア

水壬楓子
統べる者たち
〜コルセーア外伝〜